PIECES DU THEATRE ITALIEN,
de M. DE MARIVAUX, qui se vendent chez le même Libraire.

Arlequin poli par l'Amour, Comédie.
La Surprise de l'Amour, Comédie.
La double Inconstance, Comédie.
Le Prince travesti, Comédie.
La Fausse Suivante, Comédie.
L'Isle des Esclaves, Comédie.
L'Héritier de Village, Comédie.
Le Jeu de l'Amour & du Hasard, Comédie.

Le même Libraire vend aussi.

Le Théatre Italien, ou Recueil général de toutes les Comédies & Scenes Françoises représentées par les Comédiens Italiens du Roi, avec les Airs gravés & les Figures à chaque Comédie, par Ghérardi, in-12. 6. vol. figures. 1741.

Le nouveau Théatre Italien, ou Recueil des Piéces représentées par les Comédiens Italiens ordinaires du Roi, depuis leur établissement en 1716. jusqu'à présent: avec les Airs des Vaudevilles gravés à la fin de chaque Volume. 10. vol. in-12. 1753.

Les Parodies du Théatre Italien, avec les Airs gravés, 4. vol. in-12. 1738.

Le Théatre & autres Oeuvres de Nadal. 3. vol. in-12. 1733.

Le Théatre de Mademoiselle Barbier. in-12. 1745.

Le Théatre de M. de Brueys. in-12. 3. vol. 1735.

Le même réuni avec celui de Palaprat. 5. vol. & petit format. 1754.

Les Oeuvres de M. du Fresny. in-12. 4. vol. 1747. avec les Airs gravés.

Les Oeuvres de M. Autreau. 4. vol. avec les Airs gravés.

ACTEURS.

LA COMTESSE.

LELIO.

LE BARON, *ami de Lelio.*

COLOMBINE, *Suivante de la Comtesse.*

ARLEQUIN, *Valet de Lelio.*

JACQUELINE, *Servante de Lelio.*

La Scene est dans une Maison de Campagne.

LA SURPRISE

DE

L'AMOUR.

COMEDIE.

Représentée par les Comédiens Italiens ordinaires du Roi, pour la premiere fois le 3. May 1722.

A PARIS,

Chez BRIASSON, ruë Saint Jacques, à la Science.

LA
SURPRISE
DE L'AMOUR.

ACTE PREMIER.

SCENE PREMIERE.
PIERRE, JACQUELINE.

PIERRE.

IAN, Jacquelaine, t'as une hi-
meur qui me fâche. Pargué en-
core faut-il dire queuque parole
d'amiquié aux gens.

JACQUELINE.

Mais, qu'est-ce qu'il te faut donc ? Tu

A iij

me veux pour ta femme ; eh bian ! es-ce que
je recule à cela ?

PIERRE.

Bon, qu'es-ce que ç'a dit ? es-ce que toutes les filles n'aimont pas à devenir la femme d'un homme ?

JACQUELINE.

Tredame ! c'est donc un oisiau bien rare
qu'un homme, pour en être si envieuse ?

PIERRE.

Hé là, là, je parle en discourant ; je sçavons bian que l'oisiau n'est pas rare ; mais
quand une fille est grande, alle a la fantaisie
d'en avoir un, & il n'y a pas de mal à ça,
Jacquelaine, car ça est vrai, & tu n'iras pas
là-contre.

JACQUELINE.

Acoute, n'ons-je pas d'autre amoureux
que toi ? es-ce que Blaise & le gros Colas
ne sont pas affolez de moi tous deux ? est-
ce qu'ils ne sont pas des hommes aussi-bian
que toi ?　　PIERRE.

Eh mais, je pense qu'oüi.

JACQUELINE.

Eh bian butord, je te baille la parfaran-
ce ; qu'as-tu à dire à çà ?

PIERRE.

C'est, que tu m'aime mieux qu'eux tant
seulement ; mais si je ne te prenois pas moi,

ça te fâcheroit-il ?

JACQUELINE.

Oh dame, t'an veux trop.

PIERRE.

Eh morguenne, voilà le tu autem ; je
veux de l'amiquié pour la personne de moi
tout seul. Quand tout le Village vianroit te
dire, Jacquelaine épouse-moi, je voudrois
que tu fis bravement la grimace à tout le
Village, & que tu lui disi : nennin da, je
veux être la femme de Piarre, & pis c'est
tout. Pour ce qui est d'en cas de moi, si
j'allois être un parfide, je voudrois que tu
te fâchît rudement , & que t'en pleurisse
tout ton saoul, & vela marguê ce qu'en ap-
pelle aimer le monde. Tian moi qui te parle , si t'allois me changer, il n'y auroit pu
de çarvelle cheux moi , c'est de l'amiquié
que ça. Tatigué que je serois content si tu
pouvois itou devenir folle ! ah ! que ça seroit touchant ! Ma pauvre Jacquelaine ,
dis-moi queuque mot qui me fasse comprendre que tu pardrois un petit brin l'esprit.

JACQUELINE.

Va, va, Piarre, je ne dis rien, mais je
n'en pense pas moins.

PIERRE.

Eh, pense-tu que tu m'aimes par hazard ; dis-moi oüi, ou non ?

JACQUELINE.

Devine lequel.

PIERRE.

Regarde-moi entre deux yeux. Tu ris tout comme si tu disois oüi, hé, hé, hé, qu'en dis-tu ?

JACQUELINE.

· Eh, je dis franchement que je serois bian empêchée de ne pas t'aimer, car t'es bien agriable.

PIERRE.

Eh, jarni, velà dire les mots & les paroles.

JACQUELINE.

· Je t'ai toujours trouvé une bonne philosomie d'homme, tu m'as fait l'amour, & franchement ça ma fait plaisir ; mais l'honneur des filles les empêche de parler. Après ça, ma Tante disoit toujours qu'un Amant, c'est comme un homme qui a faim ; pû il a faim, & pû il a envie de manger ; pû un homme a de peine après une fille, & pû il l'aime.

PIERRE.

Parsanguenne, il faut que ta Tante ait dit vrai ; car je meurs de faim, je t'en avertis, Jacqueleine.

JACQUELINE.

Tant mieux, je t'aime de cette himeur.

là , pourvû qu'alle dure ; mais j'ai bian peur
que Monfieur Lelio , mon Maître , ne con-
fente pas'à noute mariage , & qu'il ne me
boute hors de chez li , quand il fçaura que je
t'aime ; car il nous a dit qu'il ne vouloit
point d'amouretté parmi nous.

PIERRE.

Eh pourquoi donc ça ? eft-ce'qu'il y a du
mal à aimer fon prochain ? Et morgué je
m'en vas lui gager moi que ça fe pratique
chez les Turcs , & fi ils font bian méchans.

JACQUELINE.

Oh , c'eft pis qu'un Turc. A caufe d'une
Dame de Paris qui l'aimoit beaucoup , &
qui li a tourné cafaque pour un autre Ga-
lant plus mal bâti que li. Noute Monfieur
a fait tapage , il l'i a dit qu'alle devoit être
honteufe ; alle lui a dit qu'alle ne vouloit
pas l'être. Et voilà bian de quoi ç'a-t'elle
fait , & pis des injures , vous êtes cune in-
deigne ; & voyez donc cet impertinant ; &
je me vangerai : & moi je m'en gauffe. Tant
y a qu'à la parfin , alle l'y a farmé la porte
fu le nez ; l'i qui eft glorieux a pris ça en
mal , & il eft venu ici pour vivre en harmi-
te , en phifolophe , car vela comme il dit.
Et depuis ce temps quand il entend parler
d'amour , il femble qu'en l'écorche comme
une anguille. Son Valet Arlequin fait itou

le dégoûté ; quand il voit une fille à droite, ce drôle de corps se baille les airs d'aller à gauche, à cause de queuque mijaurée de Chambriere qui l'i a, à ce qu'il dit, vendu du noir. **PIERRE.**

Quien, veritablement c'est une piquié que ça, il n'y a pas de police ; an punit tous les jours de pauvres voleurs, & an laisse aller & venir les parfides. Mais vela ton Maître, parle li.

JACQUELINE.

Non, il a la face triste, c'est peut-être qu'il rêve aux femmes ; je sis d'avis que j'attende que ça soit passé. Va, va, il y a bonne esperance, pis que ta Maîtresse est arrivée, & qu'alle a dit qu'alle li en parleroit.

SCENE II.

LELIO ARLEQUIN,
tous deux d'un air triste.

LELIO.

LE temps est sombre aujourd'hui.

ARLEQUIN.

Ma foi oüi, il est aussi mélancolique que nous.

LELIO.

Oh, on n'est pas toûjours dans la même difposition; l'efprit auffi-bien que le temps eft fujet à des nuages.

ARLEQUIN.

Pour moi, quand mon efprit va bien, je ne m'embarraffe gueres du broüillard.

LELIO.

Tout le monde en eft affez de même.

ARLEQUIN.

Mais je trouve toujours le tems vilain; quand je fuis trifte.

LELIO.

C'eft que tu as quelque chofe qui te chagrine.

ARLEQUIN.

Non.

LELIO.

Tu n'as donc point de trifteffe.

ARLEQUIN.

Si fait.

LELIO.

Dis donc pourquoi?

ARLEQUIN.

Pourquoi? en vérité je n'en fçai rien; c'eft peut-être que je fuis trifte de ce que je ne fuis pas guai.

LELIO.

Va, tu ne fçai ce que tu dis.

ARLEQUIN.

Avec cela, il me semble que je ne me porte pas bien.

LELIO.

Ah, si tu es malade, c'est une autre affaire.   ARLEQUIN.

Je ne suis pas malade, non plus.

LELIO.

Es-tu foû, si tu n'es pas malade, comment trouve-tu donc que tu ne te porte pas bien?

ARLEQUIN.

Tenez, Monsieur, je bois à merveille, je mange de même, je dors comme une marmotte, voilà ma santé.

LELIO.

C'est une santé de Crocheteur, un honnête homme seroit heureux de l'avoir.

ARLEQUIN.

Cependant je me sens pesant & lourd, j'ai une fainéantise dans les membres, je baaille sans sujet, je n'ai du courage qu'à mes repas, tout me déplaît ; je ne vis pas, je traîne ; quand le jour est venu, je voudrois qu'il fût nuit ; quand il est nuit, je voudrois qu'il fût jour : voilà ma maladie, voilà comment je me porte bien & mal.

LELIO.

Je t'entens, c'est un peu d'ennui qui t'a

pris ; cela se passera. As-tu sur toi ce Livre qu'on m'a envoyé de Paris.... répons donc ?

ARLEQUIN.

Monsieur, avec votre permission, que je passe de l'autre côté.

LELIO.

Que veux-tu donc ? Qu'est-ce que cette cérémonie ?

ARLEQUIN.

C'est pour ne pas voir sur cet arbre deux petits Oiseaux qui sont amoureux, cela me tracasse ; j'ai juré de ne plus faire l'amour, mais quand je le vois faire, j'ai presque envie de manquer de parole à mon serment : cela me raccommode avec ces pestes de femmes, & puis c'est le diable de me refâcher contr'elles.

LELIO.

Eh, mon cher Arlequin, me crois-tu plus exemt que toi de ces petites inquiétudes-là. Je me ressouviens qu'il y a des femmes au monde, qu'elles sont aimables, & ce ressouvenir-là ne va pas sans quelques émotions de cœur ; mais ce sont ces émotions là qui me rendent inébranlable dans la résolution de ne plus voir de femmes.

ARLEQUIN.

Pardi, cela me fait tout le contraire, à

moi ; quand ces émotions là me prennent, c'eſt alors que ma réſolution branle. Enſeignez-moi donc à en faire mon profit comme vous. LELIO.

Oüi-da, mon ami ; je t'aime, tu as du bon ſens, quoiqu'un peu groſſier. L'infidélité de ta Maîtreſſe t'a rebuté de l'amour, la trahiſon de la mienne m'en a rebuté de même ; tu m'a ſuivi avec courage dans ma retraite, & tu m'es devenu cher par la conformité de ton génie avec le mien, & par la reſſemblance de nos avantures.

ARLEQUIN.

Et moi, Monſieur, je vous aſſure que je vous aime cent fois plus auſſi que de coutume, à cauſe que vous avez la bonté de m'aimer tant. Je ne veux plus voir de femmes, non plus que vous ; cela n'a point de conſcience. J'ai penſé crever de l'infidélité de Margot : les paſſe-temps de la Campagne, votre converſation & la bonne nourriture m'ont un peu remis ; je n'aime plus cette Margot ; ſeulement quelquefois ſon petit nez me trotte encore dans la tête ; mais quand je ne ſonge point à elle, je n'y gagne rien ; car je penſe à toutes les femmes en gros, & alors les émotions de cœur, que vous dites, viennent me tourmenter. Je cours, je ſaute, je chante, je danſe, je n'ai point d'autre secret pour me chasser cela ; mais ce secret là n'est que de l'onguent miton-mitaine. Je suis dans un grand danger, & puisque vous m'aimez tant, ayez la charité de me dire comment je ferai pour devenir fort quand je suis foible.

LELIO.

Ce pauvre garçon me fait pitié. Ah ! Sexe trompeur, tourmente ceux qui t'approchent, mais laissent en repos ceux qui te fuyent !

ARLEQUIN.

Cela est trop raisonnable, pourquoi faire du mal à ceux qui ne te font rien ?

LELIO.

Quand quelqu'un me vante une femme aimable, & l'amour qu'il a pour elle, je crois voir un frénétique qui me fait l'éloge d'une vipere, qui me dit qu'elle est charmante, & qu'il a le bonheur d'en être mordu.

ARLEQUIN.

Fi donc, cela fait mourir.

LELIO.

Et, mon cher enfant, la vipere n'ôte que la vie ! Femmes, vous nous raviffez notre raison, notre liberté, notre repos ; vous nous raviffez à nous mêmes, & vous nous laiffez vivre ! ne voilà-t'il pas des hommes en bel état après ? Des pauvres foux,

des hommes troublez, yvres de douleur ou
de joye, toûjours en convulfions, des efclaves : & à qui appartiennent ces efclaves?
à des femmes ! Et qu'eft-ce que c'eft qu'une
femme ? Pour la définir il faudroit la connoître : nous pouvons aujourd'hui en commencer la définition, mais je foûtiens qu'on
n'en verra le bout qu'à la fin du monde.

ARLEQUIN.

En vérité, c'eft pourtant un joli petit
animal que cette femme, un joli petit chat !
c'eft dommage qu'il ait tant de griffes.

LELIO.

Tu as raifon, c'eft dommage ; car enfin, eft-il dans l'Univers de figure plus charmante ? Que de graces ! & que de variété
dans ces graces !

ARLEQUIN.

C'eft une créature à manger.

LELIO.

Voyez fes ajuftemens ; Juppes étroites ;
Juppes en lanternes, Coëfure en clocher,
Coëfure fur le nez, Capuchon fur la tête,
& toutes les modes les plus extravagantes,
mettez-les fur une femme, dès qu'elles auront touché fa figure enchantereffe, c'eft
l'amour & les graces qui l'ont habillée, c'eft
de l'efprit qui lui vient, jufques au bout
des doigts ; cela n'eft-il pas bien fingulier ?

ARLE-

ARLEQUIN.

Oh, cela eſt vrai ; il n'y a mardi pas de livre qui ait tant d'eſprit qu'une femme, quand elle eſt en corſet & en petites pantoufles.

LELIO.

Quel aimable déſordre d'idées dans la tête ! que de vivacité ! quelles expreſſions ! que de naïveté ! L'homme a le bon ſens en partage, mais ma foi l'eſprit n'appartient qu'à la femme. A l'égard de ſon cœur, ah ! ſi les plaiſirs qu'il nous donne étoient durables, ce ſeroit un ſéjour délicieux que la Terre. Nous autres hommes la plûpart, nous ſommes jolis en amour ; nous nous répandons en petits ſentimens doucereux : nous avons la marotte d'être délicats, parce que cela donne un air plus tendre ; nous faiſons l'amour réglément, tout comme on fait une Charge. Nous nous faiſons des méthodes de tendreſſe ; nous allons chez une femme, pourquoi ? pour l'aimer, parce que c'eſt le devoir de notre emploi. Quelle pitoyable façon de faire ! Une femme ne veut être ni tendre, ni délicate, ni fâchée, ni bien-aiſe ; elle eſt tout cela ſans le ſçavoir, & cela eſt charmant. Regardez-là quand elle aime, & qu'elle ne veut pas le dire, morbleu ! nos tendreſſes les plus babillardes

Surprife de l'Amour. B

approchent-elles de l'amour qui passe à travers son silence?

ARLEQUIN.

Ah! Monsieur, je m'en souviens, Margot avoit si bonne grace à faire comme cela
la nigaude.

LELIO.

Sans l'aiguillon de l'amour & du plaisir,
notre cœur, à nous autres, est un vrai para-
lytique : nous resterons-là comme des eaux
dormantes, qui attendent qu'on les remuë
pour se remuer. Le cœur d'une femme se
donne sa secousse à lui-même ; il part sur
un mot qu'on dit, sur un mot qu'on ne dit
pas, sur une contenance. Elle a beau vous
avoir dit qu'elle aime, le répéte-t-elle,
vous l'apprenez toûjours, vous ne le sça-
viez pas encore ; ici par une impatience,
par une froideur, par une imprudence, par
une distraction, en baissant les yeux, en les
relevant, en sortant de sa place, en y res-
tant ; enfin c'est de la jalousie, du calme,
de l'inquiétude, de la joye, du babil, &
du silence de toutes couleurs ; & le moyen
de ne pas s'enyvrer du plaisir que cela donne ? le moyen de se voir adoré sans que la
tête vous tourne ? Pour moi, j'étois tout
aussi sot que les autres Amans ; je me croyois
un petit prodige, mon mérite m'étonnoit:

Ah! qu'il est mortifiant d'en rabattre. C'est aujourd'hui ma bêtise qui m'étonne ; l'homme prodigieux a disparu, & je n'ai trouvé qu'une duppe à sa place.

ARLEQUIN

Eh bien, Monsieur, queussi, queumi, voilà mon histoire ; j'étois tout aussi sot que vous. Vous faites pourtant un portrait qui fait venir l'envie de l'original.

LELIO.

Butord que tu es ! ne t'ai-je pas dit que la femme étoit aimable ; qu'elle avoit le cœur tendre, & beaucoup d'esprit ?

ARLEQUIN.

Oüi. Est-ce que tout cela n'est pas bien joli ?

LELIO.

Non, tout cela est affreux.

ARLEQUIN.

Bon, bon, c'est que vous voulez m'attraper peut-être.

LELIO.

Non, ce sont-là les instrumens de notre supplice. Dis-moi, mon pauvre garçon, si tu trouvois sur ton chemin de l'argent d'abord, un peu plus loin de l'or, un peu plus loin des perles, & que cela te conduisît à la caverne d'un Monstre, d'un Tigre, si tu veux, est-ce que tu ne haïrois pas cet argent, cet or & ces perles ?

B ij

ARLEQUIN.

Je ne fuis pas fi dégoûté, je trouverois cela fort bon ; il n'y auroit que le vilain Tigre dont je ne voudrois pas : mais je prendrois vitement quelque millier d'écus dans mes poches, je laifferois-là le refte, & je décamperois bravement après.

LELIO.

Oüi, mais tu ne fçaurois point qu'il y a un Tigre au bout, & tu n'auras pas plûtôt ramaffé un écu, que tu ne pourras t'empê- cher de vouloir le refte.

ARLEQUIN.

Fi ! par la morbleu ! c'eft bien domma- ge : voilà un fot tréfor, de fe trouver fur ce chemin-là. Pardi, qu'il aille au Diable, & l'animal avec.

LELIO.

Mon enfant, cet argent que tu trouves d'abord fur ton chemin, c'eft la beauté, ce font les agrémens d'une femme qui t'arrê- tent ; cet or que tu rencontres encore, ce font les efpérances qu'elle te donne ; enfin ces perles, c'eft fon cœur qu'elle t'abandon- ne avec tous ces tranfports.

ARLEQUIN.

Ahi, ahi, gare l'animal.

LELIO.

Le Tigre enfin paroît après les perles.

& ce Tigre, c'est un caractére perfide re-
tranché dans l'ame de ta Maîtresse ; il se
montre, il t'arrache son cœur, il déchire
le tien : adieu tes plaisirs, il te laisse aussi
misérable que tu croyois être heureux.

ARLEQUIN.

Ah, c'est justement la bête que Margot
a lâché sur moi, pour avoir aimé son argent,
son or & ses perles.

LELIO.

Les aimeras-tu encore ?

ARLEQUIN.

Hélas, Monsieur, je ne songeois pas à
ce Diable qui m'attendoit au bout. Quand
on n'a pas étudié, on ne voit pas plus loin
que son nez.

LELIO.

Quand tu seras tenté de revoir des femmes, souviens-toï toûjours du Tigre, & regarde tes émotions de cœur comme une
envie fatale d'aller sur sa route, & de te
perdre. ### ARLEQUIN.

Oh, voilà qui est fait ; je renonce à
toutes les femmes, & à tous les trésors du
monde, & je m'en vais boire un petit coup
pour me fortifier dans cette bonne pensée.

SCENE III.

LELIO, JACQUELINE, PIERRE.

LELIO.

QUe me veux-tu, Jacqueline ?

JACQUELINE.

Monfieur, c'eft que je voulions vous parler d'une petite affaire.

LELIO.

De quoi s'agit-il ?

JACQUELINE.

C'eft que ne vous déplaife . . . . . . mais vous vous fâcherez.

LELIO.

Voyons.

JACQUELINE.

Monfieur, vous avez dit il y a queuque temps, que vous ne vouliez pas que j'euffions des Galands.

LELIO.

Non ; je ne veux point voir d'amour dans ma maifon.

JACQUELINE.

Je vians pourtant vous demander un petit parvilége.

LELIO.

Quel est-il ?

JACQUELINE.

C'est que, révérence parler, j'avons le cœur tendre.

LELIO.

Tu as le cœur tendre ; voilà un plaisant aveu ! Et qui est le nigaud qui est amoureux de toi ?

PIERRE.

Eh, eh, eh, c'est moi, Monsieur.

LELIO.

Ah ! c'est toi, maître Pierre ; je t'aurois crû plus raisonnable. Eh bien, Jacqueline, c'est donc pour lui que tu as le cœur tendre ?

JACQUELINE.

Oüi, Monsieur, il y a bien deux ans en ça, que ça m'est venu..... mais, dis toi-même, je ne fis pas assez effrontée de mon naturel.

PIERRE.

Monsieur, franchement, c'est qu'alle me trouve genti, & si ce n'étoit qu'alle fait la difficile, il y auroit long-tems que je serions annôcez.

LELIO.

Tu es fou, maître Pierre ; ta Jacqueline au premier jour te plantera là : crois-moi,

ne t'attache point à elle ; laisse-la là , tu
cherches malheur.

JACQUELINE.

Bon ! voilà de biaux contes , qu'ous li
faites là , Monsieur. Est-ce que vous croyez
que je sommes comme vos Giroüettes de
Paris , qui tournent à tout vent ? Allez,
allez, si queuqu'un de nous deux se plante-
là , ce sera li qui me plantera , & non pas
moi. A tout hazard, notre Monsieur, don-
nez-moi tant seulement une petite parmis-
sion de mariage , c'est pour ça que j'avons
prins la liberté de vous attaquer.

PIERRE.

Oüi, Monsieur, voilà tout fin dret ce
que c'est. Et Jacquelaine a itou queuque
doutance , que vous vourez bian de votre
grace, & pour l'amour de son sarvice, &
de stila de son pere & de sa mere, qui vous
ont tant sarvi , quand ils n'érient pas encore deffunts…. tant y a , Monsieur, ex-
cusez l'importunance , c'est que je sommes
pauvres, & tout franchement , pour vous
le couper court……

LELIO.

Acheve donc, il y a une heure que tu
traînes.

JACQUELINE.

Parguenne aussi , tu t'embarboüilles dans

je

je ne ſçai combien de paroles qui ne ſar-
vont de rian, & Monſieur pard la patience.
C'eſt donc, ne vous en déplaiſe, que je
voulons nous marier ; &, comme cc dit
l'autre, ce n'eſt pas le tout qu'un pour-
point, s'il n'y a des manches ; c'eſt ce qui
fait, ſi vous parmettez que je vous le di-
ſions en bref....

LELIO.

Et non, Jacqueline, dis-moi le en long,
tu auras plûtôt fait.

JACQUELINE.

C'eſt que j'avons queuque eſperance que
vous nous baillerez queuque choſe en entrée
de ménage. LELIO.

Soit, je le veux ; nous verrons cela une
autre fois, & je ferai ce que je pourrai,
pourvû que le parti te convienne. Laiſſez-
moi.

SCENE IV.

ARLEQUIN, LELIO, PIERRE, JACQUELINE.

PIERRE *prenant Arlequin à l'écart.*

ARlequin, par charité, recommandez-
nous à Monſieur. C'eſt que je nous

Surpriſe de l'Amour. C

aimons, Jacquelaine & moi ; je n'avons pas de grands moyens, & . . . . .

ARLEQUIN.

Tout beau , maître Pierre ; dis-moi, as tu son cœur ?

PIERRE.

Parguienne oüi ; à la parfin alle m'a lâché son amiquié.

ARLEQUIN.

Ah malheureux, que je te plains! voilà le caractére perfide qui va venir ; je t'expliquerai cela plus au long une autre fois, mais tu le sentiras bien. Adieu , pauvre homme , je n'ai plus rien à te dire, ton mal est sans reméde.

JACQUELINE.

Queu tripotage est-ce qu'il fait donc là, avec ce reméde & ce caractére ?

PIERRE.

Morguié, tous ces discours me chiffonnont malheur ; je varrons ce qui en est par un petit tour d'adresse. Allons-nous-en, Jacquelaine , Madame la Comtesse fera mieux que nous.

SCENE V.
LELIO, ARLEQUIN.

ARLEQUIN *revenant à son Maître.*

MOnsieur, mon cher Maître, il y a
une mauvaise nouvelle.

LELIO.

Qu'est-ce que c'est ?

ARLEQUIN.

Vous avez entendu parler de cette Comtesse qui a acheté depuis un an cette belle
Maison près de la vôtre.

LELIO.

Oüi.

ARLEQUIN.

Eh bien, on m'a dit que cette Comtesse
est ici, & qu'elle veut vous parler : j'ai
mauvaise opinion de cela.

LELIO.

Eh morbleu, toûjours des Femmes ! Eh
que me veut-elle ?

ARLEQUIN.

Je n'en sçai rien ; mais on dit qu'elle est
belle & veuve, & je gage qu'elle est en-
cline à faire du mal.

LELIO.

Et moi enclin à l'éviter : je ne me soucie

C ij

ni de sa beauté , ni de son veuvage.

ARLEQUIN.

Que le Ciel vous maintienne dans cette
bonne disposition. Ouf.

LELIO.

Qu'as-tu ?

ARLEQUIN.

C'est qu'on dit qu'il y a aussi une Fille
de Chambre avec elle , & voilà mes émotions de cœur qui me prennent.

LELIO.

Benest ! une femme te fait peur.

ARLEQUIN.

Hélas , Monsieur , j'espere en vous & en
votre assistance.

LELIO.

Je crois que les voilà qui se promenent,
retirons-nous.

SCENE VI.

LA COMTESSE , COLOMBINE , ARLEQUIN.

LA COMTESSE *parlant de Lelio.*

Voilà un jeune homme bien sauvage.
COLOMBINE *arrêtant Arlequin.*
Un petit mot , s'il vous plaît. Oseroit-

on vous demander d'où vient cette férocité qui vous prend à vous & à votre Maître ?

A R L E Q U I N.

A cause d'un proverbe qui dit, que Chat échaudé craint l'eau froide.

LA COMTESSE.

Parle plus clairement. Pourquoi nous fuit-il ?

A R L E Q U I N.

C'est que nous sçavons ce qu'en vaut l'aune.

COLOMBINE.

Remarquez-vous qu'il n'ose nous regarder, Madame ? allons, allons, levez la tête, & rendez-nous compte de la sotise que vous venez de faire.

A R L E Q U I N *la regardant doucement.*

Par la jarni, qu'elle est jolie.

LA COMTESSE.

Laisse-le là, je croi qu'il est imbécile.

COLOMBINE.

Et moi je croi que c'est malice. Parleras-tu ? A R L E Q U I N.

C'est que mon Maître a fait vœu de fuir les femmes, parce qu'elles ne valent rien.

COLOMBINE.

Impertinent !

A R L E Q U I N.

Ce n'est pas votre faute, c'est la nature

qui vous a bâties comme cela, & moi j'ai
fait vœu aussi. Nous avons souffert comme
des misérables à cause de votre bel esprit,
de vos jolis charmes, & de votre tendre
cœur.

COLOMBINE.

Hélas ! quelle lamentable histoire ! Eh
comment te tireras-tu d'affaire avec moi ?
je suis une espiégle, & j'ai envie de te rendre un peu misérable de ma façon.

ARLEQUIN.

Prrr. Il n'y a pas pied.

LA COMTESSE.

La, mon ami, va dire à ton Maître que
je me soucie fort peu des hommes, mais
que je souhaiterois lui parler.

ARLEQUIN.

Je le vois là qui m'attend, je m'en vais
l'appeller.

SCENE VII.

ARLEQUIN, LA COMTESSE, LELIO, COLOMBINE.

ARLEQUIN.

Monsieur, Madame dit qu'elle ne se
soucie point de vous : vous n'avez

qu'à venir , elle veut vous dire un mot. *A part.* Ah! comme cela m'accrocheroit si je me laissois faire.

LELIO.

Madame, puis-je vous rendre quelque service.

LA COMTESSE.

Monsieur , je vous demande pardon de la liberté que j'ai prise ; mais il y a le neveu de mon Fermier qui cherche en mariage une jeune Paysanne de chez vous. Ils ont peur que vous ne consentiez pas à ce mariage : ils m'ont prié de vous engager à les aider de quelque libéralité , comme de mon côté j'ai dessein de le faire. Voilà , Monsieur , tout ce que j'avois à vous dire quand vous vous êtes retiré.

LELIO.

Madame , j'aurai tous les égards que mérite votre recommandation, & je vous prie de m'excuser si j'ai fui ; mais je vous avoüe que vous êtes d'un sexe avec qui j'ai crû devoir rompre pour toute ma vie. Cela paroîtra bien bizarre , je ne chercherai point à me justifier ; car il me reste un peu de politesse , & je craindrois d'entammer une matiere qui me met toûjours de mauvaise humeur ; & si je parlois , il pourroit , malgré moi , m'échapper des traits d'une inci-

vifité qui vous déplairoit, & que mon refpect vous épargne.

CONTRACT CENTER

COLOMBINE.

Mort de ma vie, Madame, eft-ce que
ce difcours-là ne vous remuë pas la bile ?
Allez, Monfieur, tous les renégats font
mauvaife fin ; vous viendrez quelque jour
crier miféricorde, & ramper aux pieds de
vos Maîtres, & ils vous écraferont comme
un ferpent. Il faut bien que juftice fe faffe.

LELIO.

Si Madame n'étoit pas préfente, je vous
dirois franchement que je ne vous crains,
ni ne vous aime.

LA COMTESSE.

Ne vous gênez point, Monfieur. Tout
ce que nous difons ici ne s'adreffe point à
nous ; regardons-nous comme hors d'intérêt. Et fur ce pied-là, peut-on vous demander ce qui vous fâche fi fort contre les
femmes ?

LELIO.

Ah ! Madame, difpenfez-moi de vous le
dire ; c'eft un récit que j'accompagne or-
dinairement de réflexions où votre fexe ne
trouve pas fon compte.

LA COMTESSE.

Je vous devine, c'eft une infidélité qui
vous a donné tant de colere.

LELIO.

Oüi, Madame, c'est une infidélité ; mais affreuse, mais détestable.

LA COMTESSE.

N'allons point si vîte. Votre Maîtresse cessa-t-elle de vous aimer pour en aimer un autre ?

LELIO.

En doutez vous, Madame ? la simple infidélité seroit insipide, & ne tenteroit pas une femme sans l'assaïonnement de la perfidie.

LA COMTESSE.

Quoi ! vous eutes un successeur ? elle en aima un autre ?

LELIO.

Oüi, Madame. Comment, cela vous étonne ? Voilà pourtant les femmes, & ces actions doivent vous mettre en pays de connoissance.

COLOMBINE.

Le petit blasphêmateur !

LA COMTESSE.

Oüi, votre Maîtresse est une indigne : & l'on ne sçauroit trop la mépriser.

COLOMBINE.

D'accord, qu'il la méprise, il n'y a pas à tortiller : c'est une coquine celle-là.

LA COMTESSE.

J'ai crû d'abord, moi, qu'elle n'avoit

fait que se dégoûter de vous & de l'amour,
& je lui pardonnois en faveur de cela
la sotise qu'elle avoit euë de vous aimer.
Quand je dis vous, je parle des hommes
en général.

LELIO.
Comment, Madame, ce n'est donc rien
à votre compte, que de cesser sans raison
d'avoir de la tendresse pour un homme?

LA COMTESSE.
C'est beaucoup au contraire. Cesser d'a-
voir de l'amour pour un homme, c'est à
mon compte connoître sa faute, s'en re-
pentir, en avoir honte, sentir la misére de
l'idole qu'on adoroit, & rentrer dans le
respect qu'une femme se doit à elle-même.
J'ai bien vû que nous ne nous entendions
point. Si votre Maîtresse n'avoit fait que re-
noncer à son attachement ridicule, eh! il n'y
auroit rien de plus loüable; mais ne faire que
changer d'objet, ne guérir d'une folie que
par une extravagance? Eh fi! je suis de
votre sentiment, cette femme-là est tout-
à-fait méprisable. Amant pour amant, il
valoit autant que vous deshonorassiez sa
raison qu'un autre.

LELIO.
Je vous avoüe que je ne m'attendois pas
à cette chûte-là.

COLOMBINE.

Ah, ah, ah! il faudroit bien des conversations comme celle-là pour en faire
une raisonnable. Courage, Monsieur, vous
voilà tout déferré ; décochez-lui-moi quelque trait bien hétéroclite, qui sente bien
l'original. Eh! vous avez fait des merveil-
les d'abord.

LELIO.

C'est assûrément mettre les hommes bien
bas, que de les juger indignes de la tendresse d'une femme : l'idée est neuve.

COLOMBINE.

Elle ne fera fortune chez vous.

LELIO.

On voit bien que vous êtes fâchée,
Madame.

LA COMTESSE.

Moi, Monsieur, je n'ai point à me plaindre des hommes ; je ne les haïs point non
plus. Hélas, la pauvre espéce! elle est,
pour qui l'examine, encore plus comique
que haïssable.

COLOMBINE.

Oüi da, je crois que nous trouverons
plus de ressource à nous en divertir qu'à
nous fâcher contr'elle.

LELIO.

Mais, qu'as-t'elle donc de si comique?

LA COMTESSE.

Ce qu'elle a de comique ? Mais y fongez-
vous , Monfieur ? vous êtes bien curieux
d'être humilié dans vos confreres. Si je parlois, vous feriez tout étonné de vous trouver de cent piques au-deffous de nous. Vous
demandez ce que votre efpéce a de comique , qui pour fe mettre à fon aife , a eu befoin de fe réferver un privilége d'indifcré-
tion, d'impertinence & de fatuité ; qui fuf-
foqueroit , fi elle n'étoit babillarde , fi fa
miférable vanité n'avoit pas fes coudées
franches , s'il ne lui étoit pas permis de des-
honorer un fexe qu'elle ofe méprifer pour
les mêmes chofes, dont l'indigne qu'elle eft,
fait fa gloire. Oh ! l'admirable engeance
qui a trouvé la raifon & la vertu des far-
deaux trop péfans pour elle , & qui nous a
chargé du foin de les porter. Ne voilà-t'il
pas de beaux titres de fupériorité fur nous?
& de pareilles gens ne font-ils pas rifibles !
Fiez-vous à moi , Monfieur ; vous ne con-
noiffez pas votre mifére , j'oferai vous le
dire. Vous voilà bien irrité contre les femmes , je fuis peut-être , moi , la moins aimable de toutes ; tout hériffé de rancune que
vous croyez être , moyennant deux ou trois
coups d'œil flateurs qu'il m'en coûteroit ,
grace à la tournure grotefque de l'efprit de

l'homme, vous m'allez donner la Comédie. Oh! je vous défie de me faire payer ce tribut de folie-là.

COLOMBINE.

Ma foi, Madame, cette expérience-là vous porteroit malheur.

LELIO.

Ah, ah! cela est plaisant! Madame, peu de femmes font auffi aimables que vous : vous l'êtes tout autant, que je fuis fûr que vous croyez l'être ; mais s'il n'y a que la Comédie dont vous parlez qui puiffe vous réjoüir, en ma confcience, vous ne rirez de votre vie.

COLOMBINE.

En ma confcience, vous me la donnez tous les deux, la Comédie. Cependant, fi j'étois à la place de Madame, le défi me picqueroit, & je ne voudrois pas en avoir le démenti.

LA COMTESSE.

Non, la partie ne me picque point, je la tiens gagnée ; mais comme à la campagne il faut voir quelqu'un, foyons amis pendant que nous y refterons ; je vous promets fûreté : nous nous divertirons, vous à médire des femmes, & moi à méprifer les hommes. ### LELIO.

Volontiers.

COLOMBINE.

Le joli commerce! on a qu'à vous en croire, les hommes tireront à l'Orient, les femmes à l'Occident; cela fera de belles productions; & nos petits neveux auront bon air. Eh morbleu! pourquoi prêcher la fin du monde? Cela coupe la gorge à tout: soyons raisonnables; condamnez les amans déloyaux, les conteurs de sornettes, à être jettés dans la riviere une pierre au col, à merveille. Enfermez les coquettes entre quatre murailles, fort bien. Mais les amans fidéles, dreſſez-leur de belles & bonnes ſtatuës pour encourager le Public. Vous riez, adieu, pauvres brebis égarées. Pour moi, je vais travailler à la converſion d'Arléquin. A votre égard, que le Ciel vous aſſiſte; mais il feroit curieux de vous voir chanter la palinodie, je vous y attends.

LA COMTESSE.

La folle! je vous quitte, Monſieur, j'ai quelques ordres à donner : n'oubliez pas, de grace, ma recommandation pour ces Payſans.

SCENE VIII.

LE BARON *ami de Lelio.*

LA COMTESSE, LELIO.

Le Baron.

NE me trompai-je point ? eſt-ce vous que je vois, Madame la Comteſſe ?

La Comtesse.

Oüi, Monſieur, c'eſt moi-même.

Le Baron.

Quoi ! avec notre ami Lelio, cela ce peut-il ?

La Comtesse.

Que trouvez-vous donc-là de ſi étrange ?

Lelio.

Je n'ai l'honneur de connoître Madame que depuis un inſtant, & d'où vient la ſurpriſe ?

Le Baron.

Comment ma ſurpriſe ! voici peut-être le coup de hazard le plus bizarre qui ſoit arrivé.

Lelio.

En quoi ?

Le Baron.

En quoi morbleu ? je n'en ſçaurois re-

venir ; c'eſt le fait le plus curieux qu'on
puiſſe imaginer. Dès que je ſerai à Paris,
où je vais, je le ferai mettre dans la gazet-
te.   LELIO.

Mais, que veux-tu dire ?

LE BARON.

Songez - vous à tous les millions de femmes qu'il y a dans le monde, au Couchant,
au Levant, au Septentrion, au Midi, Eu-
ropéennes, Aſiatiques, Afriquaines,
Ameriquaines, blanches, noires, bazan-
nées, de toutes les couleurs. Nos propres
expériences, & les relations de nos Voya-
geurs nous apprennent que par tout la
femme eſt amie de l'homme, que la nature l'a pourvûe de bonne volonté pour lui;
la nature n'a manqué que Madame. Le So-
leil n'éclaire qu'elle chez qui notre eſpéce
n'ait point rencontré grace ; & cette ſeule
exception de la Loi générale ſe rencontre
avec un perſonnage unique ; je te le dis en
ami, avec un homme qui nous a donné
l'exemple d'un fanatiſme tout neuf ; qui
ſeul de tous les hommes n'a pû s'accoûtu-
mer aux Coquettes qui fourmillent ſur la
Terre, & qui ſont auſſi anciennes que le
Monde ; enfin qui s'eſt condamné à venir
ici languir de chagrin de ne plus voir de
femmes, en expiation du crime qu'il a fait
quand

quand il en a vû. Oh! je ne sçache point
d'aventure qui aille de pair avec la vôtre.

LELIO riant.

Ah, ah! je te pardonne toutes tes injures en faveur de ces Coquettes qui fourmillent sur la Terre, & qui sont aussi anciennes que le Monde.

LA COMTESSE riant.

Pour moi, je me sçai bon gré que la
nature m'ait manquée, & je me passerai
bien de la façon qu'elle auroit pû me donner de plus; c'est autant de sauvé, c'est un
ridicule de moins.

LE BARON sérieusement.

Madame, n'appellez point cette foi-
blesse-là ridicule; ménageons les termes,
il peut venir un jour où vous serez bien-
aise de lui trouver une épithete plus honnête.

LA COMTESSE.

Oüi, si l'esprit me tourne.

LE BARON.

Eh bien, il vous tournera : c'est si peu
de chose que l'esprit; après tout, il n'est
pas encore sûr que la nature vous ait absolument manquée. Hélas! peut-être jouez-
vous de votre reste aujourd'hui. Combien
voyons-nous de choses qui sont d'abord
merveilleuses, & qui finissent par faire rire.

Surprise de l'Amour. D

Je ſuis un homme à pronoſtic : voulez-vous que je vous diſe ; tenez, je crois que votre merveilleux eſt à fin de terme.

LELIO.

Cela ſe peut bien, Madame, cela ſe peut bien ; les fous ſont quelquefois inſpi-rés.

LA COMTESSE.

Vous vous trompez, Monſieur, vous vous trompez.

LE BARON.

Mais toi qui raiſonne, as-tu lû l'Hiſ-toire Romaine ?

LELIO.

Oüi, qu'en veux-tu faire de ton Hiſ-toire Romaine ?

LE BARON.

Te ſouviens-tu qu'un Ambaſſadeur Romain enferma Antiochus dans un cer-cle qu'il traça autour de lui, & lui déclara la guerre s'il en ſortoit avant qu'il eût ré-pondu à ſa demande.

LELIO.

Oüi, je m'en reſſouviens.

LE BARON.

Tiens, mon enfant, moi indigne je te fais un cercle à l'imitation de ce Romain, & ſous peine des vengeances de l'amour, qui vaut bien la Republique de Rome, je t'ordonne de n'en sortir que soûpirant pour les beautés de Madame : voyons si tu oseras broncher.

LELIO *passe le cercle.*

Tiens, je suis hors du cercle, voilà ma réponse : va-t'en la porter à ton beneſt d'amour.

LA COMTESSE.

Monſieur le Baron, je vous prie, badi-nez tant qu'il vous plaira, mais ne me mettez point en jeu.

LE BARON.

Je ne badine point, Madame, je vous le cautionne garotté à votre char ; il vous aime de ce moment-ci, il a obéi. La peſte, vous ne le verriez pas hors du cercle, il avoit plus de peur qu'Antiochus.

LELIO *riant.*

Madame, vous pouvez me donner des rivaux tant qu'il vous plaira, mon amour n'eſt point jaloux.

LA COMTESSE *embarraſſée.*

Meſſieurs, j'entens volontiers raillerie, mais ceſſons-là pourtant.

LE BARON.

Vous montrez-là certaine impatience qui pourra venir à bien : faiſons-la profiter par un petit tour de cercle.

Il l'enferme auſſi.

LA COMTESSE *sortant du cercle.*

Laiſſez-moi, qu'eſt-ce que cela ſignifie, Baron ? ne liſez jamais d'Hiſtoire,
puiſqu'elle ne vous apprend que des po-
liſſonneries.

Lelio rit.

LE BARON.

Je vous demande pardon, mais vous
aimerez, s'il vous plaît, Madame. Lelio
eſt mon ami, & je ne veux point lui donner de Maîtreſſe inſenſible.

LA COMTESSE *ſérieuſement.*

Cherchez - lui donc une Maîtreſſe ailleurs, car il trouveroit fort mal ſon compte ici.

LELIO.

Madame, je ſçai le peu que je vaux, on
peut ſe diſpenſer de me l'apprendre; après
tout, votre antipathie ne me fait point
trembler.

LE BARON.

Bon, voilà de l'amour qui prélude par
du dépit.

LA COMTESSE *à Lelio.*

Vous ſeriez fort à plaindre, Monſieur,
ſi mes ſentimens ne vous étoient indiffé-
rens.

LE BARON.

Ah le beau duo! vous ne ſçavez pas

encore combien il est tendre.

LA COMTESSE *s'en allant doucement.*

En vérité, vos folies me poussent à bout, Baron.

LE BARON.

Oh, Madame, nous aurons l'honneur, Lelio & moi, de vous reconduire jusques chez vous.

SCENE IX.

COLOMBINE, LA COMTESSE, LELIO, LE BARON.

COLOMBINE.

BOn jour, Monsieur le Baron. Comme vous voilà rouge, Madame? Monsieur Lelio est tout je ne sçai comment aussi : il a l'air d'un homme qui veut être fier, & qui ne peut pas l'être. Qu'avez-vous donc tous deux ?

LA COMTESSE *sortant.*

L'étourdie !

LE BARON.

Laisse - les - là, Colombine; ils sont de méchante humeur ; ils viennent de se faire une déclaration d'amour l'un à l'autre, & le tout en se fâchant.

SCENE X.

COLOMBINE, ARLEQUIN,

Avec un équipage de Chasseur.

COLOMBINE.

JE vois bien qu'ils nous apprêteront à rire ; mais où est Arlequin ? je veux qu'il m'amuse ici. J'entends quelqu'un, ne seroit-ce pas lui ?

ARLEQUIN *la voyant.*

Ouf, ce gibier-là mene un Chasseur trop loin, je me perdrois ; tournons d'un autre côté. . . allons donc. . . . heut, me voilà justement sur le chemin du Tigre ; maudit soit l'argent, l'or & les perles.

COLOMBINE.

Quelle heure est-il, Arlequin ?

ARLEQUIN.

Ah ! la fine mouche ! je vois bien que tu cherches midi à quatorze heures. Passez, passez votre chemin, ma mie.

COLOMBINE.

Il ne me plaît pas, moi : passe-le toi-même. ARLEQUIN.

Oh pardi, à bon chat, bon rat, je veux rester ici.

COLOMBINE.

Hé le fou, qui perd l'esprit en voyant une femme.

ARLEQUIN,

Va-t'en, va-t'en demander ton portrait à mon Maître, il te le donnera pour rien : tu verras si tu n'es pas une vipére.

COLOMBINE.

Ton Maître est un visionnaire, qui te fait faire pénitence de ses sottises. Dans le fond, tu me fais pitié ; c'est dommage qu'un jeune homme comme toi, assez bien fait, & bon enfant ; car tu es sans malice....

ARLEQUIN.

Je n'en ai non plus qu'un poulet.

COLOMBINE.

C'est dommage qu'il consomme sa jeunesse dans la langueur & la souffrance ; car dis la vérité, tu t'ennuyes ici, tu pâtis ?

ARLEQUIN.

Oh ! cela n'est pas croyable.

COLOMBINE.

Et pourquoi, nigaud, mener une pareille vie ?

ARLEQUIN.

Pour ne point tomber dans vos pattes, race de chats que vous êtes ; si vous êtiez de bonnes gens, nous ne serions pas venus nous rendre hermites. Il n'y a plus de bon

tems pour moi, & c'eſt vous qui en êtes
la cauſe ; & malgré tout cela, il ne s'en
faut de rien que je ne t'aime. La ſotte
choſe que le cœur de l'homme !

COLOMBINE.

Cet original diſpute contre ſon cœur
comme un honnête homme.

ARLEQUIN.

N'as - tu pas de honte d'être ſi jolie &
ſi traîtreſſe ?

COLOMBINE.

Comme ſi on devoit rougir de ſes bonnes qualités. Au revoir, nigaud ; tu me
fuis, mais cela ne durera pas.

Fin du Premier Acte.

ACTE

ACTE II.

SCENE PREMIERE.

COLOMBINE , LA COMTESSE.

COLOMBINE *en regardant sa montre*

CEla est singulier !

LA COMTESSE.

Quoi ?

COLOMBINE.

Je trouve qu'il y a un quart-d'heure que nous nous promenons sans rien dire : entre deux femmes, cela ne laisse pas d'être fort. Sommes-nous bien dans notre état naturel ?

LA COMTESSE.

Je ne sçache rien d'extraordinaire en moi.   COLOMBINE.

Vous voilà pourtant bien rêveuse.

LA COMTESSE.

C'est que je songe à une chose.

COLOMBINE.

Voyons ce que c'est ; suivant l'espéce de

Surprise de l'Amour.   E

la chofe, je ferai l'eftime de votre filence.
LA COMTESSE.
C'eft que je fonge qu'il n'eft pas néceffaire que je voye fi fouvent Lelio.
COLOMBINE.
Hom, il y a du Lelio : votre tacitur-
nité n'eft pas fi belle que je le penfois ; la
mienne, à vous dire le vrai, n'eft pas plus
méritoire. Je me taifois à peu près dans le
même goût ; je ne rêve pas à Lelio, mais
je fuis autour de cela, je rêve au Valet.
LA COMTESSE.
Mais que veux-tu dire ? quel mal y a-
t'il à penfer à ce que je penfe ?
COLOMBINE.
Oh ! pour du mal, il n'y en a pas ; mais
je croyois que vous ne difiez mot, par pu-
re pareffe de langue, & je trouvois cela
beau dans une femme : car on prétend que
cela eft rare. Mais pourquoi jugez - vous
qu'il n'eft pas néceffaire que vous voyiez
fi fouvent Lelio ?
LA COMTESSE.
Je n'ai d'autres raifons pour lui parler,
que le mariage de ces jeunes gens : il ne
m'a point dit ce qu'il veut donner à la
fille ; je fuis bien aife que le neveu de mon
Fermier trouve quelque avantage ; mais
fans nous parler, Lelio peut me faire fça-

voir fes intentions, & je puis le faire informer des miennes.

COLOMBINE.

L'imagination de cela eft tout-à-fait
plaifante.

LA COMTESSE.

Ne vas-tu pas faire un commentaire là-
deffus? COLOMBINE.

Comment? il n'y a pas de commentaire
à cela. Malepefte, c'eft un joli trait d'efprit
que cette invention-là. Le chemin de tout
le monde, quand on a affaire aux gens,
c'eft d'aller leur parler; mais cela n'eft pas
commode, le plus court eft de l'entretenir
de loin; vraiment on s'entend bien mieux:
lui parlerez-vous avec une Sarbacane, ou
par Procureur?

LA COMTESSE.

Mademoifelle Colombine, vos fades
railleries ne me plaifent point du tout; je
vois bien les petites idées que vous avez
dans l'efprit.

COLOMBINE.

Je me doute, moi, que vous ne vous
doutez pas des vôtres; mais cela viendra.

LA COMTESSE.

Taifez-vous.

COLOMBINE.

Mais auffi de quoi vous avifez-vous?

E ij

de prendre un si grand tour pour parler à un homme ? Monsieur, soyons amis tant que nous resterons ici ; nous nous amuserons, vous à médire des femmes, moi à mépriser les hommes (voilà ce que vous lui avez dit tantôt.) Est-ce que l'amusement que vous avez choisi ne vous plaît plus ?

LA COMTESSE.

Il me plaira toujours ; mais j'ai songé que je mettrai Lelio plus à son aise, en ne le voyant plus. D'ailleurs la conversation que nous avons eue tantôt ensemble, jointe aux plaisanteries que le Baron a continué de faire chez moi, pourroient donner matiere à de nouvelles scènes que je suis bien aise d'éviter. Tiens, prens ce Billet.

COLOMBINE.

Pour qui ?

LA COMTESSE.

Pour Lelio. C'est de cette Paysanne dont il s'agit, je lui demande réponse.

COLOMBINE.

Un billet à Monsieur Lelio, exprès pour ne point donner matiere à la plaisanterie ! mais voilà des précautions d'un jugement...

LA COMTESSE.

Fais ce que je te dis.

COLOMBINE.

Madame, c'eſt une maladie qui commence : votre cœur en eſt à ſon premier accès de fiévre ; tenez, le Billet n'eſt plus néceſſaire, je vois Lelio qui s'approche.

LA COMTESSE.

Je me retire, faites votre commiſſion.

SCENE II.

LELIO, ARLEQUIN, COLOMBINE.

LELIO.

POurquoi donc Madame la Comteſſe ſe retire-t'elle en me voyant ?

COLOMBINE *préſentant le Billet.*

Monſieur..... ma Maîtreſſe a jugé à propos de réduire ſa converſation dans ce Billet. A la Compagne on a l'eſprit ingénieux.

LELIO.

Je ne vois pas la fineſſe qu'il peut y avoir à me laiſſer-là, quand j'arrive, pour m'entretenir dans les papiers. J'allois prendre des meſures avec elle pour nos Payſans ; mais voyons ſes raiſons.

ARLEQUIN.

Je vous conſeille de lui répondre ſur

E iij

une carte, cela fera bien drôle.

Lelio *lit.*

Monſieur, depuis que nous nous ſommes quittez, j'ai fait réflexion qu'il étoit aſſez inutile de nous voir. Oh ! très - inutile, je l'ai penſé de même. *Je prévois que cela vous gêneroit; & moi, à qui il n'ennuye pas d'être ſeule, je ſerois fâchée de vous contraindre.* Vous avez raiſon, Madame, je vous remercie de votre attention. *Vous ſçavez la priére que je vous ai faite tantôt au ſujet du mariage de nos jeunes gens ; je vous prie de vouloir bien me marquer là - deſſus quelque choſe de poſitif.* Volontiers, Madame, vous n'attendrez point. Voilà la femme du caractére le plus paſſable que j'aye vûe de ma vie ; ſi j'étois capable d'en aimer quelqu'une, ce ſeroit elle.

Arlequin.

Par la morbleu, j'ai peur que ce tour-là ne vous joue d'un mauvais tour.

Lelio.

Oh non : l'éloignement qu'elle a pour moi, me donne en vérité beaucoup d'eſtime pour elle ; cela eſt dans mon goût. Je ſuis ravi que la propoſition vienne d'elle, elle m'épargne, à moi, la peine de la lui faire.   ### Arlequin.

Pour cela oüi, notre deſſein étoit de lui

dire que nous ne voulions plus d'elle.

COLOMBINE.

Quoi ! ni de moi non plus ?

ARLEQUIN.

Oh ! je suis honnête ; je ne veux point dire aux gens des injures à leur nez.

COLOMBINE.

Eh bien, Monsieur, faites-vous réponse ?

LELIO.

Oüi, ma chere enfant, j'y cours : Vous pouvez lui dire, puisqu'elle choisit le papier pour le champ de bataille de nos conversations, que j'en ai près d'une rame chez moi, & que le terrain ne me manquera de long-tems.

ARLEQUIN.

Hé, hé, hé, nous verrons à qui aura le dernier.

COLOMBINE.

Vous êtes distrait, Monsieur, vous me dites que vous courez faire réponse, & vous voilà encore.

LELIO.

J'ai tort, j'oublie les choses d'un moment à l'autre. Attendez-là un moment.

COLOMBINE l'arrêtant.

C'est-à-dire, que vous êtes bien charmé du parti que prend ma Maîtresse.

E iiij

ARLEQUIN.

Pardi cela eſt admirable !

LELIO.

Oüi, aſſûrement cela me fera plaiſir.

COLOMBINE.

Cela ſe paſſera. Allez.

LELIO.

Il faut bien que cela ſe paſſe.

ARLEQUIN à *Lelio*.

Emmenez-moi avec vous ; car je ne me fie point à elle.

COLOMBINE.

Oh ! je n'attendrai point, ſi je ſuis ſeule, je veux cauſer.

LELIO.

Fais-lui l'honnêteté de reſter avec elle, je vais revenir.

SCENE III.

ARLEQUIN, COLOMBINE.

ARLEQUIN.

J'Ai bien affaire, moi, d'être honnête à mes dépens.

COLOMBINE.

Et que crains-tu ? tu ne m'aime point, tu ne veux point m'aimer.

ARLEQUIN.

Non, je ne veux point t'aimer ; mais je n'ai que faire de prendre la peine de m'empêcher de le vouloir.

COLOMBINE.

Tu m'aimerois donc si tu ne t'en empêchois ?

ARLEQUIN.

Laissez - moi en repos, Mademoiselle Colombine ; promenez-vous d'un côté, & moi d'un autre, sinon je m'enfuirai, car je répons tout de travers.

COLOMBINE.

Puisqu'on ne peut avoir l'honneur de ta compagnie qu'à ce prix-là, je le veux bien, promenons nous.

Et puis à part, & en se promenant, comme Arlequin fait de son côté.

Tout en badinant cependant, me voilà dans la fantaisie d'être aimée de ce petit corps-là.

ARLEQUIN *déconcerté, & se promenant de son côté.*

C'est une malédiction que cet Amour : il m'a tourmenté quand j'en avois, & il me fait encore du mal à cette heure que je n'en veux point. Il faut prendre patience, & faire bonne mine. *Il chante.*

Turlu turluton.

COLOMBINE *le rencontrant fur le Théatre & l'arrêtant.*

Mais vraiment, tu as la voix belle: Sçais-tu la mufique ?

ARLEQUIN *s'arrêtant auffi.*

Oüi, je commence à lire les paroles.
Il chante. Tourleroutoutou.

COLOMBINE *continuant de fe promener.*

Pefte foit du petit coquin, férieufement je crois qu'il me pique.

ARLEQUIN *de fon côté.*

Elle me regarde, elle voit bien que je fais femblant de ne pas fonger à elle.

COLOMBINE.

Arlequin ?

ARLEQUIN.

Hom.

COLOMBINE.

Je commence à me laffer de la promena-de.

ARLEQUIN.

Cela fe peut bien.

COLOMBINE.

Comment te va le cœur ?

ARLEQUIN.

Ah! je ne prens pas garde à céla.

COLOMBINE.

Gageons que tu m'aimes ?

ARLEQUIN.

Je ne gage jamais, je fuis trop malheu-reux, je perds toujours.

COLOMBINE *allant à lui.*

Oh! tu m'ennuies, je veux que tu me
dites franchement que tu m'aimes.

ARLEQUIN.

Encore un petit tour de promenade?

COLOMBINE.

Non, parle, ou je te haïs.

ARLEQUIN.

Et que t'ai-je fait pour me haïr.

COLOMBINE.

Sçavez-vous bien, Monsieur le Butord,
que je vous trouve à mon gré, & qu'il
faut que vous soupiriez pour moi?

ARLEQUIN.

Je te plais donc?

COLOMBINE.

Oüi, ta petite figure me revient assez.

ARLEQUIN.

Je suis perdu, j'étouffe : adieu ma mie, sau-
ve qui peut.... Ah! Monsieur, vous voilà?

SCENE IV.

LELIO, ARLEQUIN,
COLOMBINE.

LELIO.

Qu'as-tu donc?

ARLEQUIN.

Helas! c'est ce lutin-là qui me prend

à la gorge : Elle veut que je l'aime.

LELIO.

Et ne sçaurois-tu lui dire que tu ne veux pas ?

ARLEQUIN.

Vous en parlez bien à votre aise : Elle a la malice de me dire qu'elle me haïra.

COLOMBINE.

J'ai entrepris la guérison de sa folie, il faut que j'en vienne à bout. Va, va, c'est partie à remettre.

ARLEQUIN.

Voyez la belle guérison, je suis de la moitié plus fou que je n'étois.

LELIO.

Bon courage, Arlequin. Tenez, Colombine, voilà la réponse au Billet de votre Maîtresse.

COLOMBINE.

Monsieur, ne l'avez-vous pas faite un peu trop fière ?

LELIO.

Eh ! pourquoi la ferois-je fière ? Je la fais indifférente. Ai-je quelqu'intérêt de la faire autrement ?

COLOMBINE.

Ecoutez, je vous parle en amie. Les plus courtes folies sont les meilleurs: l'homme est foible ; tous les Philosophes du

tems paſſé nous l'ont dit, & je m'en fie
bien à eux. Vous vous croyez leſte & gail-
lard, vous n'êtes point cela ; ce que vous
êtes eſt caché derriére tout cela. Si j'avois
beſoin d'indifférence, & qu'on en vendît,
je ne ferois pas emplette de la vôtre ; j'ai
bien peur que ce ne ſoit une drogue de
Charlatan, car on dit que l'amour en eſt
un ; & franchement vous m'avez tout l'air
d'avoir pris de ſon mitridate. Vous vous
agitez, vous allez & venez, vous riez du
bout des dents, vous êtes ſérieux tout de
bon : Tout autant de ſymptômes d'une indifférence amoureuſe.

LELIO.

Et laiſſez-moi, Colombine, ce diſcours-
là m'ennuie.

COLOMBINE.

Je parts, mais mon avis eſt que vous
avez la vûe trouble : attendez qu'elle s'é-
clairciſſe, vous verrez mieux votre chemin ;
n'allez pas vous jetter dans quelque ornié-
re, ou vous embourber dans quelque faux
pas. Quand vous ſoupirerez, vous ferez
bien-aiſe de trouver un écho qui vous ré-
ponde : n'en dites rien, ma Maîtreſſe eſt
étourdie du bateau ; la bonne Dame bataille, & c'eſt autant de battu ; *motus.*
Monſieur, je ſuis votre ſervante.

SCENE V.
LELIO, ARLEQUIN.

LELIO.

AH, ah, ah, cela ne te fait-il pas rire ?
ARLEQUIN.
Non.

LELIO.
Cette folle, qui me vient dire qu'elle
croit que sa Maîtresse s'humanise, elle qui
me fuit, & qui me fuit, moi préfent. Oh !
parbleu, Madame la Comtesse, vos manieres font tout-à-fait de mon goût, je les
trouve pourtant un peu fauvages ; car enfin, l'on n'écrit pas à un homme de qui
l'on n'a pas à se plaindre : Je ne veux plus
vous voir, vous me fatiguez, vous m'êtes
insupportable ; & voilà le fens du Billet,
tout mitigé qu'il est. Oh ! la vérité est que
je ne croyois pas être si haïssable. Qu'en
dis-tu, Arlequin ?

ARLEQUIN.
Eh ! Monfieur, chacun a son goût.

LELIO.
Parbleu, je fuis content de la réponfe

que j'ai faite au Billet, & de l'air dont je l'ai reçû, mais très-content.

ARLEQUIN.

Cela ne vaut pas la peine d'être si content, à moins qu'on ne soit fâché. Tenez-vous ferme, mon cher Maître ; car si vous tombez, me voilà à bas.

LELIO.

Moi, tomber ? Je pars dès demain pour Paris : voilà comme je tombe.

ARLEQUIN.

Ce voyage-là pourroit bien être une culebute à gauche, au lieu d'une culebute à droite.

LELIO.

Point du tout, cette femme croiroit peut-être que je serois sensible à son amour, & je veux la laisser-là pour lui prouver que non.

ARLEQUIN.

Que ferai-je donc, moi ?

LELIO.

Tu me suivras.

ARLEQUIN.

Mais je n'ai rien à prouver à Colombine.

LELIO.

Bon, ta Colombine! il s'agit bien de Colombine. Veux-tu encore aimer, dis?

Ne te souvient-il plus de ce que c'est qu'une
femme ?   ARLEQUIN.

Je n'ai non plus de mémoire qu'un liè-
vre, quand je vois cette fille-là.

LELIO *avec distraction.*

Il faut avoüer que les bisarreries de l'esprit d'une femme sont des piéges bien fine-
ment dressez contre nous !

ARLEQUIN.

Dites-moi, Monsieur, j'ai fait un gros
serment de n'être plus amoureux ? mais si
Colombine m'ensorcelle, je n'ai pas mis cet
article dans mon marché : mon serment ne
vaudra rien, n'est-ce pas ?

LELIO *distrait.*

Nous verrons. Ce qui m'arrive avec la
Comtesse ne suffiroit-il pas pour jetter des
étincelles de passion dans le cœur d'un autre ? Oh ! sans l'inimitié que j'ai avoüé à
l'amour, j'extravaguerois actuellement,
peut-être. Je sens bien qu'il ne m'en faudroit pas davantage ; je serois piqué ; j'aimerois : cela iroit tout de suite.

ARLEQUIN.

J'ai toûjours entendu dire : il a du cœur
comme un César ; mais si ce César étoit à
ma place, il seroit bien sot.

LELIO *continuant.*

Le hazard me fait connoître une femme
qui

qui haït l'amour ; nous lions cependant
commerce d'amitié, qui doit durer pendant
notre féjour ici : je la conduis chez elle,
nous nous quittons en bonne intelligence,
nous avons à nous revoir, je viens la trouver indifféremment ; je ne fonge non plus
à l'amour qu'à m'aller noyer ; j'ai vû fans
danger les charmes de fa perfonne : voilà
qui eft fini, ce femble. Point du tout, cela
n'eft pas fini ; j'ai maintenant affaire à des
caprices, à des fantaifies ; équipages d'efprit que toute femme apporte en naiffant.
Madame la Comteffe fe met à rêver, &
l'idée qu'elle imagine en fe joüant, feroit
la ruine de mon repos fi j'étois capable d'y
être fenfible.

ARLEQUIN.
Mon cher Maître, je crois qu'il faudra
que je faute le bâton.

LELIO.
Un Billet m'arrête en chemin ; Billet
diabolique, empoifonné, où l'on écrit que
l'on ne veut plus me voir, que ce n'eft pas
la peine. M'écrire cela à moi ! qui fuis en
pleine fécurité, qui n'ai rien fait à cette
femme : s'attend-on à cela ? Si je ne prens
garde à moi, fi je raifonne à l'ordinaire,
qu'en arrivera-t-il ? Je ferai étonné, déconcerté, premier dégré de folie ; car je vois

Surprife de l'Amour.   E

cela tout comme si j'y étois : après quoi, l'amour propre s'en méle ; je me crois mé- prisé, parce qu'on s'estime un peu ; je m'a- viserai d'être choqué, me voilà fou com- plet. Deux jours après, c'est de l'amour qui se déclare ; d'où vient-il ? pourquoi vient-il ? d'une petite fantaisie magique qui prend à une femme ; & qui plus est, ce n'est pas sa faute à elle : la nature a mis du poison pour nous dans toutes ses idées : son esprit ne peut se retourner qu'à notre dom- mage ; sa vocation est de nous mettre en démence : elle fait sa charge involontaire- ment. Ah ! que je suis heureux dans cette occasion, d'être à l'abri de tous ces périls. Le voilà, ce Billet insultant, malhonnête ; mais cette réflexion-là me met de mauvaise humeur : les mauvais procédés m'ont toû- jours déplu, & le vôtre est un des plus dé- plaisants, Madame la Comtesse ; je suis bien fâché de ne l'avoir pas rendu à Colombine.

ARLEQUIN *entendant nommer sa Maîtresse.*

Monsieur, ne me parlez plus d'elle ; car voyez-vous, j'ai dans mon esprit qu'elle est amoureuse, & j'enrage.

LELIO.

Amoureuse ! Elle amoureuse ?

ARLEQUIN.

Oüi, je la voyois tantôt qui badinoit,

qui ne sçavoit que dire ; elle tournoit autour du pot, je crois même qu'elle a tapé du pié ; tout cela est signe d'amour, tout cela mene un homme à mal.

LELIO.

Si je m'imaginois que ce que tu dis fût vrai, nous partirions tout à l'heure pour Constantinople.

ARLEQUIN.

Eh mon Maître, ce n'est pas la peine que vous fassiez ce chemin-là pour moi ; je ne mérite pas cela, & il vaut mieux que j'aime que de vous coûter tant de dépense.

LELIO.

Plus j'y rêve, & plus je vois qu'il faut que tu sois fou, pour me dire que je lui plais, après son Billet & son procédé.

ARLEQUIN.

Son Billet ! de qui parlez-vous ?

LELIO.

D'elle.

ARLEQUIN.

Eh bien, ce Billet n'est pas d'elle.

LELIO.

Il ne vient pas d'elle ?

ARLEQUIN.

Pardi non, c'est de la Comtesse.

LELIO.

Eh de qui diantre me parles-tu donc, butord ?

E ij

ARLEQUIN.

Moi ? de Colombine. Ce n'étoit donc pas à caufe d'elle que vous vouliez me mener à Conftantinople ?

LELIO.

Pefte foit de l'animal ! avec fon galimathias.

ARLEQUIN.

Je croyois que c'étoit pour moi que vous vouliez voyager.

LELIO.

Oh ! qu'il ne t'arrive plus de faire de ces méprifes-là ; car j'étois certain que tu n'avois rien remarqué pour moi dans la Comteffe.

ARLEQUIN.

Si fait , j'ai remarqué qu'elle vous aimera bien-tôt.

LELIO.

Tu rêves.

ARLEQUIN.

Et je remarque que vous l'aimerez auffi.

LELIO.

Moi, l'aimer ! moi, l'aimer ! Tiens, tu me feras plaifir de fçavoir adroitement de Colombine les difpofitions où elle fe trouve ; car je veux fçavoir à quoi m'en tenir : & fi, contre toute apparance , il fe trouvoit dans fon cœur une ombre de penchant pour moi, vîte à cheval, je pars.

ARLEQUIN.

Bon! & vous partez demain pour Paris.

LELIO.

Qu'eft-ce qui t'a dit cela?

ARLEQUIN.

Vous, il n'y a qu'un moment ; mais c'eft que la mémoire vous faille, comme à moi. Voulez-vous que je vous dife, il eft bien aifé de voir que le cœur vous démange ; vous parlez tout feul, vous faites des difcours qui ont dix lieuës de long ; vous voulez vous en aller en Turquie, vous mettez vos bottes, vous les ôtez, vous partez, vous reftez, & puis du noir, & puis du blanc : Pardi quand on ne fçait ni ce qu'on dit, ni ce qu'on fait, ce n'eft pas pour des prunes. Et moi que ferai-je après ? quand je vois mon Maître qui perd l'efprit, le mien s'en va de compagnie.

LELIO.

Je te dis qu'il ne me refte plus qu'une fimple curiofité, c'eft de fçavoir s'il ne fe pafferoit pas quelque chofe dans le cœur de la Comteffe, & je donnerois tout à l'heure cent écus pour avoir foupçonné jufte. Tâchons de le fçavoir.

ARLEQUIN.

Mais encore une fois, je vous dis que

Colombine m'attrapera, je le fens bien.

LELIO.

Ecoute ; après tout, mon pauvre Arlequin, fi tu te fais tant de violence pour ne pas aimer cette fille-là, je ne t'ai jamais conseillé l'impossible.

ARLEQUIN.

Par la mardi vous parlez d'or, vous m'ôtez plus de cent pefant de deffus le corps, & vous prenez bien la chofe. Franchement, Monfieur, la femme eft un peu vaurienne, mais elle a du bon; entre nous, je la crois plus ratiere que malicieufe. Je m'en vais tâcher de rencontrer Colombine, & je ferai votre affaire : je ne veux pas l'aimer ; mais fi j'ai tant de peine à me retenir, adieu pannier, je me laifferai aller ; fi vous m'en croyez vous ferez de même. Etre amoureux & ne l'être pas, ma foi, je donnerois le choix pour un liard : c'eft mifére, j'aime mieux la mifére gaillarde, que la mifére trifte. Adieu, je vais travailler pour vous.

LELIO.

Attens.... Tiens, ce n'eft pas la peine que tu y aille.

ARLEQUIN.

Pourquoi ?

LELIO.

C'eft que ce que je pourrois apprendre

ne me ferviroit de rien. Si elle m'aime, que m'importe? fi elle ne m'aime pas, je n'ai pas befoin de le fçavoir; ainfi je ferai mieux de refter comme je fuis.

ARLEQUIN.

Monfieur, fi je deviens amoureux, je veux avoir la confolation que vous le foyez auffi, afin qu'on dife toujours, tel Valet, tel Maître: je ne m'embarraffe pas d'être un ridicule, pourvû que je vous reffemble. Si la Comteffe vous aime, je viendrai vîtement vous le dire, afin que cela vous achéve: par bonheur que vous êtes déja bien avancé, & cela me fait un grand plaifir. Je m'en vais voir l'air du bureau.

SCENE VI.
LELIO, JACQUELINE.

LELIO.

JE ne le querelle point, car il eft déja tout égaré.

JACQUELINE.

Monfieur?

LELIO *diftrait*.

Je prierai pourtant la Comteffe d'ordonner à Colombine de laiffer ce malheureux

en repos ; mais peut-être elle est bien-aise
elle-même que l'autre travaille à lui détra-
quer la cervelle , car Madame la Comtesse
n'est pas dans le goût de m'obliger.

JACQUELINE.

Monsieur ?

LELIO *d'un air fâché, & agité.*

Eh bien ! que veux-tu ?

JACQUELINE.

Je vians vous demander mon congé.

LELIO *sans l'entendre.*

Morbleu, je n'entens parler que d'amour :
Eh ! laissez-moi respirer, vous autres ! vous
me lassez, faites comme il vous plaira ; j'ai
la tête remplie de femmes & de tendresse :
ces maudites idées-là me suivent par-tout,
& elles m'assiégent. Arlequin d'un côté,
les folies de la Comtesse de l'autre, & toi
aussi.

JACQUELINE.

Monsieur, c'est que je vians vous dire
que je veux m'en aller.

LELIO.

Pourquoi ?

JACQUELINE.

C'est que Piarre ne m'aime plus, ce mi-
sérable-là s'est amouraché de la fille à Tho-
mas. Tenez, Monsieur, ce que c'est que la
cruauté des hommes , je l'ai vû qui batifo-
loit

loit avec elle; moi, pour le faire venir, je lui ai fait comme ça avec le bras, & y allons, & le vilain qu'il est, m'a fait comme cela un geste du coude; cela vouloit dire, va te promener. Oh! que les hommes sont traîtres! voilà qui est fait, j'en suis si saoule, que je n'en veux plus entendre parler; & je vians pour cet effet vous demander mon congé.

LELIO.

De quoi s'avise ce coquin-là, d'être infidéle ? JACQUELINE.

Je ne comprens pas cela, il m'est avis que c'est un rêve.

LELIO.

Tu ne le comprens pas ? c'est pourtant un vice dont il a plû aux femmes d'enrichir l'humanité.

JACQUELINE.

Qui que ce soit, voilà de belles richesses qu'on a boutées-là dans le monde.

LELIO.

Va, va, Jacqueline, il ne faut pas que tu t'en ailles.

JACQUELINE.

Oh! Monsieur, je ne veux pas rester dans le Village, car on est si foible : si ce garçon-là me recherchoit, je ne sis pas rancuneuse, il y auroit du rapatriage, & je prétens être broüillée.

Surprise de l'Amour. G

LELIO.

Ne te preffe pas, nous verrons ce que
dira la Comteffe.

JACQUELINE.

Hom ! la voilà, cette Comteffe. Je m'en
vas, Piarre eft fon Valet, & ça me fâche
itou contr'elle.

SCÉNE VII.

LELIO, LA COMTESSE,
qui cherche à terre avec application.

LELIO *la voyant chercher.*

Elle m'a fui tantôt : fi je me retire , elle
croira que je prens ma revanche , &
que j'ai remarqué fon procédé ; comme il
n'en eft rien, il eft bon de lui paroître tout
auffi indifférent que je le fuis. Continuons
de rêver, je n'ai qu'à ne lui point parler pour
remplir les conditions du Billet.

LA COMTESSE *cherchant toûjours.*
Je ne trouve rien.

LELIO.
Ce voifinage-là me déplaît, je crois que
je ferai fort bien de m'en aller, dût-elle en
penfer ce qu'elle voudra.

Et puis la voyant approcher.
Oh parbleu, c'en eft trop, Madame.

Vous m'avez fait l'honneur de m'écrire qu'il
étoit inutile de nous revoir, & j'ai trouvé
que vous pensiez juste ; mais je prendrai la
liberté de vous repréſenter, que vous me
mettez hors d'état de vous obéïr. Le moyen
de ne vous point voir ? je me trouve près de
vous, Madame, vous venez juſqu'à moi ;
je me trouve irrégulier ſans avoir tort.

LA COMTESSE.

Hélas, Monſieur, je ne vous voyois
pas. Après cela, quand je vous aurois vû,
je ne me ferois pas un grand ſcrupule d'approcher de l'endroit où vous êtes, & je ne
me détournerois pas de mon chemin à cauſe
de vous. Je vous dirai cependant que vous
outrez les termes de mon billet ; il ne ſi-
gnifioit pas, haïſſons-nous, ſoyons-nous
odieux. Si vos diſpoſitions de haine, ou
pour toutes les femmes, ou pour moi, vous
l'ont fait expliquer comme cela, & ſi vous
le pratiquez comme vous l'entendez, ce
n'eſt pas ma faute. Je vous plains beaucoup
de m'avoir vûë ; vous ſouffrez apparemment, & j'en ſuis fâchée ; mais vous avez
le champ libre, voilà de la place pour fuïr,
délivrez-vous de ma vûë. Quant à moi,
Monſieur, qui ne vous haïs, ni ne vous
aime, qui n'ai ni chagrin, ni plaiſir à vous
voir, vous trouverez bon que j'aille mon

train ; que vous me ſoyez un objet parfaiᵗtement indifférent , & que j'agiſſe tout comme ſi vous n'étiez pas là. Je cherche mon portrait , j'ai beſoin de quelques petits diamans qui en ornent la boëte ; je l'ai priſe pour les envoyer démonter à Paris, & Colombine , à qui je l'ai donné pour le remettre à un de mes Gens qui part exprès , l'a perdu ; voilà ce qui m'occupe : & ſi je vous avois apperçû là , il ne m'en auroit coûté que de vous prier très-froidement & très-poliment de vous détourner ; peut-être même m'auroit-il pris fantaiſie de vous prier de chercher avec moi, puiſque vous vous trouvez là ; car je n'aurois pas deviné que ma préſence vous affligeoit : à préſent que je le ſçais, je n'uſerai point d'une priére incivile : Fuyez vîte, Monſieur , car je continuë.

LELIO.

Madame, je ne veux point être incivil non plus, & je reſte , puiſque je puis vous rendre ſervice , je vais chercher avec vous.

LA COMTESSE.

Ah non, Monſieur, ne vous contraignez pas ; allez-vous-en. Je vous dis que vous me haïſſez, je vous l'ai dit, vous n'en diſconvenez point. Allez-vous-en donc, ou je m'en vais.

LELIO.

Parbleu, Madame, c'est trop souffrir de rebuts en un jour ; & billet & discours, tout se ressemble. Adieu donc, Madame, je suis votre serviteur.

LA COMTESSE.

Monsieur, je suis votre servante.

Quand il est parti, elle dit.

Mais à propos, cet étourdi qui s'en va ; & qui n'a point marqué positivement dans son Billet ce qu'il vouloit donner à sa Fermiere : il me dit simplement qu'il verra ce qu'il doit faire. Ah ! je ne suis pas d'humeur à mettre toûjours la main à la plume. Je me mocque de sa haine, il faut qu'il me parle.

Dans l'instant elle part pour le rappeller,
quand il revient lui-même.

Quoi ! vous revenez, Monsieur ?

LELIO *d'un air agité.*

Oüi, Madame, je reviens, j'ai quelque chose à vous dire ; & puisque vous voilà, ce sera un Billet épargné & pour vous, & pour moi.

LA COMTESSE.

A la bonne heure, dequoi s'agit-il ?

LELIO.

C'est que le neveu de votre Fermier ne doit plus compter sur Jacqueline : Madame, cela doit vous faire plaisir ; car cela finit le

G iij

peu de commerce forcé que nous avons enfemble.

LA COMTESSE.

Le commerce forcé ? Vous êtes bien difficile, Monfieur, & vos expreffions font bien
naïves ! mais paffons. Pourquoi donc, s'il
vous plaît, Jacqueline ne veut-elle pas de
ce jeune homme ? Que fignifie ce caprice-
là ?

LELIO.

Ce que fignifie un caprice ? je vous le
demande, Madame ; cela n'eft point à mon
ufage, & vous le définirez mieux que moi.

LA COMTESSE.

Vous pourriez cependant me rendre un
bon compte de celui-ci, fi vous vouliez :
il eft de votre ouvrage apparemment. Je
me mêlois de leur mariage, cela vous fati-
guoit ; vous avez tout arrêté. Je vous fuis
obligée de vos égards.

LELIO.

Moi, Madame !

LA COMTESSE.

Oüi, Monfieur, il n'étoit pas néceffaire
de vous y prendre de cette façon-là ; cependant je ne trouve point mauvais que le
peu d'intérêt que j'avois à vous voir vous
fût à charge : je ne condamne point dans
les autres ce qui eft en moi ; & fans le ba-

zard qui nous rejoint ici, vous ne m'auriez
vûë de votre vie, si j'avois pû.

LELIO.

Eh, je n'en doute pas, Madame, je n'en
doute pas.

LA COMTESSE.

Non, Monsieur, de votre vie. Eh, pourquoi en douteriez-vous ? En vérité, je ne
vous comprends pas ! Vous avez rompu
avec les femmes, moi avec les hommes :
vous n'avez pas changé de sentiment, n'est-
il pas vrai ? D'où vient donc que je chan-
gerois? Sur quoi en changerois-je? Y son-
gez-vous ? Oh, mettez-vous dans l'esprit
que mon opiniâtreté vaut bien la vôtre, &
que je n'en démordrai point.

LELIO.

Eh, Madame, vous m'en avez accablé,
de preuves d'opiniâtreté; ne m'en donnez
plus, voilà qui est fini. Je ne songe à rien,
je vous assure.

LA COMTESSE.

Qu'appellez-vous, Monsieur, vous ne
songez à rien ? Mais du ton dont vous le
dites, il semble que vous vous imaginez
m'annoncer une mauvaise nouvelle. Eh
bien, Monsieur, vous ne m'aimerez jamais, cela est-il si triste ? Oh! je le vois
bien, je vous ai écrit qu'il ne falloit plus

G iiij

nous voir , & je veux mourir fi vous n'avez
pris cela pour quelque agitation de cœur ;
affurément vous me foupçonnez de penchant pour vous. Vous m'affurez que vous
n'en aurez jamais pour moi : vous croyez
me mortifier , vous le croyez, Monfieur
Lelio , vous le croyez, vous dis-je , ne vous
en défendez point. J'efpérois que vous me
divertiriez en m'aimant : vous avez pris un
autre tour , je ne perds point au change ,
& je vous trouve très-divertiffant comme
vous êtes.

LELIO *d'un air riant & piqué.*

Ma foi, Madame, nous ne nous ennuy-
rons donc point enfemble ; fi je vous ré-
joüis , vous n'êtes point ingrate : Vous efpé-
riez que je vous divertirois, mais vous ne
m'aviez pas dit que je ferois diverti : quoiqu'il en foit : brifons là-deffus ; la comédie
ne me plaît pas long-tems , & je ne veux
pas être ni acteur , ni fpectateur.

LA COMTESSE *d'un ton badin.*

Ecoutez , Monfieur, vous m'avoüerez
qu'un homme à votre place , qui fe croit
aimé, fur-tout quand il n'aime pas, fe met
en prife.

LELIO.

Je ne penfe point que vous m'aimez ,
Madame ; vous me traitez mal , mais vous

y trouvez du goût. N'uſez point de pré-
texte ; je vous ai déplû d'abord moi, ſpé-
cialement, je l'ai remarqué : & ſi je vous
aimois, de tous les hommes qui pourroient
vous aimer, je ſerois peut-être le plus humilié, le plus raillé & le plus à plaindre.

LA COMTESSE.

D'où vous vient cette idée-là ? Vous
vous trompez ; je ſerois fâchée que vous
m'aimaſſiez, parce que j'ai réſolu de ne
point aimer : mais quelque choſe que j'aye
dit, je croirois du moins devoir vous eſti-
mer.

LELIO.

J'ai bien de la peine à le croire.

LA COMTESSE.

Vous êtes injuſte, je ne ſuis pas ſans diſ-
cernement. Mais à quoi bon faire cette ſup-
poſition, que ſi vous m'aimiez, je vous
traiterois plus mal qu'un autre ? La ſuppo-
ſition eſt inutile : puiſque vous n'avez point
envie de faire l'eſſai de mes manieres ; que
vous importe ce qui en arriveroit ? Cela
vous doit être indifférent. Vous ne m'aimez pas ? car enfin, ſi je le penſois . . . .

LELIO.

Eh ! je vous prie, point de menaces,
Madame : vous m'avez tantôt offert votre
amitié, je ne vous demande que cela, je

n'ai befoin que de cela : ainfi vous n'avez
rien à craindre.

LA COMTESSE *d'un air froid.*

Puifque vous n'avez befoin que de cela,
Monfieur, j'en fuis ravie ; je vous l'accor-
de, j'en ferai moins gênée avec vous.

LELIO.

Moins gênée ? Ma foi, Madame, il ne
faut pas que vous la foyez du tout ; & tout
bien pefé, je crois que nous ferons mieux
de fuivre les termes de votre Billet.

LA COMTESSE.

Oh ! de tout mon cœur : allons, Monfieur, ne nous voyons plus. Je fais préfent
de cent piftoles au neveu de mon Fermier ;
vous me ferez fçavoir ce que vous voulez
donner à la fille, & je verrai fi je foufcrirai
à ce mariage, dont notre rupture va lever
l'obftacle que vous y avez mis. Soyons-
nous inconnus l'un à l'autre ; j'oublie que je
vous ai vû : je ne vous reconnoîtrai pas demain.

LELIO.

Et moi, Madame, je vous reconnoîtrai
toute ma vie ; je ne vous oublierai point :
vos façons avec moi vous ont gravé pour
jamais dans ma mémoire.

LA COMTESSE.

Vous m'y donnerez la place qu'il vous

plaira, je n'ai rien à me reprocher ; mes façons ont été celles d'une femme raisonnable.

LELIO.

Morbleu, Madame, vous êtes une Dame raisonnable, à la bonne heure ; mais accordez donc cette lettre avec vos premieres honnêtetez, & avec vos offres d'amitié ; cela est inconcevable ! aujourd'hui votre ami, demain rien. Pour moi, Madame, je ne vous ressemble pas, & j'ai le cœur aussi jaloux en amitié qu'en amour : ainsi nous ne nous convenons point.

LA COMTESSE.

Adieu, Monsieur, vous parlez d'un air bien dégagé, & presque offençant. Si j'étois vaine cependant, si j'en crois Colombine, je vaux quelque chose, à vos yeux-même.

LELIO.

Un moment : Vous êtes de toutes les Dames que j'ai vû, celle qui vaut le mieux ; je sens même que j'ai du plaisir à vous rendre cette justice-là. Colombine vous en a dit davantage ; c'est une visionnaire, non-seulement sur mon chapitre, mais encore sur le vôtre, Madame, je vous en avertis. Ainsi n'en croyez jamais au rapport de vos Domestiques.

LA COMTESSE.

Comment ! Que dites-vous, Monsieur ?
Colombine vous auroit fait entendre . . . .
Ah ! l'impertinente ! je la vois qui passe.
Colombine, venez ici.

SCENE VIII.

LA COMTESSE, LELIO, COLOMBINE.

COLOMBINE *arrive*.

QUe me voulez-vous, Madame ?

LA COMTESSE.

Ce que je veux ?

COLOMBINE.

Si vous ne voulez rien , je m'en re-
tourne.

LA COMTESSE.

Parlez , quels discours avez-vous tenu
à Monsieur , sur mon compte.

COLOMBINE.

Des discours très-sensés à mon ordinaire.

LA COMTESSE.

Je vous trouve bien hardie, d'oser, suivant votre petite cervelle, tirer de folles
conjectures de mes sentimens ; & je voudrois bien vous demander sur quoi vous

avez compris que j'aime Monfieur, à qui vous l'avez dit.

COLOMBINE.

N'eft-ce que cela ? je vous jure que je l'ai crû comme je l'ai dit, & je l'ai dit pour le bien de la chofe ; c'étoit pour abréger votre chemin à l'un & à l'autre, car vous y viendrez tous deux : cela ira là ; & fi la chofe arrive, je n'aurai fait aucun mal. A votre égard, Madame, je vais vous expliquer fur quoi j'ai penfé que vous aimiez....

LA COMTESSE *lui coupant la parole.*

Je vous défends de parler.

LELIO *d'un air doux & modefte.*

Je fuis honteux d'être la caufe de cette explication-là ; mais vous pouvez être perfuadée que ce qu'elle a pû me dire, ne m'a fait aucune impreffion. Non, Madame, vous ne m'aimez point, & j'en fuis convaincu ; & je vous avouërai même dans le moment où je fuis, que cette conviction m'eft néceffaire : je vous laiffe. Si nos Payfans fe raccommodent, je verrai ce que je puis faire pour eux : puifque vous vous intéreffez à leur mariage, je me ferai un plaifir de le hâter, & j'aurai l'honneur de vous porter tantôt ma réponfe, fi vous me le permettez.

La Comtesse *pendant que Lelio fort.*

Juſte Ciel! que vient-il de me dire? & d'où vient que je ſuis émûë de ce que je viens d'entendre? cette conviction m'eſt abſolument néceſſaire. Non, cela ne ſignifie rien, & je n'y veux rien comprendre.

Colombine *à part.*

Oh! notre amour ſe fait grand: il parlera bien-tôt bon François.

Fin du ſecond Acte.

ACTE III.

SCENE PREMIERE.

ARLEQUIN, COLOMBINE.

COLOMBINE *à part les premiers mots.*

BAttons-lui toûjours froid. Tous les diamans y font, rien n'y manque, hors le portrait que Monfieur Lelio a gardé. C'eft un grand bonheur que vous ayez trouvé cela ; je vous rends la boëte, il eft jufte que vous la donniez vous-même à Madame la Comtefse. Adieu, je fuis preffée.

ARLEQUIN *l'arrête.*

Eh là, là, là, ne vous en allez pas fi vîte, je fuis de fi bonne humeur.

COLOMBINE.

Je vous ai dit ce que je penfois de ma Maîtrefse à l'égard de votre Maître ; bon jour.

ARLEQUIN.

Eh bien, dites à cette heure ce que vous penfez de moi, hé, hé, hé.

COLOMBINE.

Je penfe de vous que vous m'ennuyeriez fi je reftois plus long-tems.

ARLEQUIN.

Fi, la mauvaife penfée : caufons pour chaffer cela ; c'eft une migraine.

COLOMBINE.

Je n'ai pas le tems, Monfieur Arlequin.

ARLEQUIN.

Et allons donc, faut-il avoir des maniéres comme cela avec moi ? Vous me traitez de Monfieur, cela eft-il honnête ?

COLOMBINE.

Très - honnête ; mais vous m'amufez, laiffez-moi : que voulez-vous que je faffe ici ?

ARLEQUIN.

Me dire comment je me porte, par exemple ; me faire de petites queftions. Arlequin par-ici, Arlequin par-là ; me demander comme tantôt, fi je vous aime : que fçait-on ? peut-être je vous répondrai que oüi.

COLOMBINE.

Oh ! je ne m'y fie plus.

ARLEQUIN.

Si fait, fi fait, fiez-vous-y, pour voir,
Co-

COLOMBINE.

Non, vous haïssez trop les femmes.

ARLEQUIN.

Cela m'a passé, je leur pardonne.

COLOMBINE.

Et moi, à compter d'aujourd'hui, je me broüille avec les hommes ; dans un an ou deux, je me raccommoderai peut-être avec ces nigauds-là.

ARLEQUIN.

Il faudra donc que je me tienne pendant ce tems-là les bras croisez, à vous voir venir, moi.

COLOMBINE.

Voyez-moi venir dans la posture qu'il vous plaira : que m'importe que vos bras soient croisez ou ne le soient pas ?

ARLEQUIN.

Par la sambille, j'enrage. Maudit esprit lunatique, que je te donnerois de grand cœur un bon coup de poing, si tu ne portois pas une cornette.

COLOMBINE riant.

Ah ! je vous entends ! vous m'aimez ; j'en suis fâchée, mon ami : le Ciel vous assiste.

ARLEQUIN.

Mardi oüi, je t'aime : mais laisse-moi faire. Tien, mon chien d'amour s'en ira,

Surprise de l'Amour.   H

je m'étranglerois plûtôt. Je m'en vais être
yvrogne , je joüerai à la boule toute la
journée , je prierai mon Maître de m'apprendre le picquet , je joüerai avec lui ou
avec moi , je dormirai plûtôt que de rester
sans rien faire. Tu verras , va ; je cours tirer bouteille pour commencer.

COLOMBINE.

Tu mériterois que je te fisse expirer par
pur chagrin , mais je suis généreuse. Tu as
méprisé toutes les Suivantes de France en
ma personne , je les représente. Il faut une
réparation à cette insulte ; à mon égard ,
je t'en quitterois volontiers ; mais je ne
puis trahir les intérêts & l'honneur d'un
Corps si respectable pour toi. Fais-lui donc
satisfaction : demande-lui à genoux pardon
de toutes tes impertinences , & la grace
t'est accordée.

ARLEQUIN.

M'aimeras-tu après cette autre imperti-
nence-là ?

COLOMBINE.

Humilie-toi , & tu seras instruit.

ARLEQUIN *se mettant à genoux.*

Pardi , je le veux bien : je demande pardon à ce drôle de Corps pour qui tu parles.

COLOMBINE.

En diras-tu du bien ?

ARLEQUIN.

C'eſt une autre affaire ; il eſt défendu de mentir.

COLOMBINE.

Point de grace.

ARLEQUIN.

Accommodons-nous. Je n'en dirai ni bien, ni mal. Eſt-ce fait ?

COLOMBINE.

Hé! la réparation eſt un peu cavaliere ; mais le Corps n'eſt pas formaliſte. Baiſe-moi la main en ſigne de paix , & léve-toi. Tu me parois vraiement repentant , cela me fait plaiſir.

ARLEQUIN *relevé.*

Tu m'aimeras au moins.

COLOMBINE.

Je l'eſpére.

ARLEQUIN *ſautant.*

Je me ſens plus leger qu'une plume.

COLOMBINE.

Ecoute , nous avons intérêt de hâter l'amour de nos Maîtres , il faut qu'ils ſe marient enſemble.

ARLEQUIN.

Oüi, afin que je t'épouſe, par-deſſus le marché.

COLOMBINE.

Tu l'as dit : n'oublions rien pour les

H ij

conduire à s'avouer qu'ils s'aiment. Quand tu rendras la boëte à la Comtesse, ne manque pas de lui dire pourquoi ton Maître en garde le portrait. Je la vois qui rêve, retire-toi, & reviens dans un moment, de peur qu'en nous voyant ensemble, elle ne nous soupçonne d'intelligence. J'ai dessein de la faire parler ; je veux qu'elle sçache qu'elle aime, son amour en ira mieux quand elle se l'avouera.

SCENE II.

LA COMTESSE, COLOMBINE.

LA COMTESSE *d'un air de méchante humeur.*

AH ! vous voilà, a-t-on trouvé mon portrait ?

COLOMBINE.

Je n'en sçai rien, Madame, je le fais chercher. LA COMTESSE.

Je viens de rencontrer Arlequin, ne vous a-t-il point parlé ? N'a-t-il rien à me dire de la part de son Maître ?

COLOMBINE.

Je ne l'ai pas vû.

LA COMTESSE.

Vous ne l'avez pas vû ?

COLOMBINE.

Non, Madame.

LA COMTESSE.

Vous êtes donc aveugle! Avez - vous dit au Cocher de mettre les chevaux au caroffe ?

COLOMBINE.

Moi! non, vraiment.

LA COMTESSE.

Eh pourquoi, s'il vous plaît ?

COLOMBINE.

Faute de fçavoir deviner.

LA COMTESSE.

Comment deviner ? Faut-il tant de fois vous répéter les chofes ?

COLOMBINE.

Ce qui n'a jamais été dit n'a pas été ré-pété, Madame, cela eft clair : demandez cela à tout le monde.

LA COMTESSE.

Vous êtes une grande raifonneufe.

COLOMBINE.

Qui diantre fçavoit que vous voulufficz partir pour aller quelque part ; mais je m'en vais avertir le Cocher.

LA COMTESSE.

Il n'eft plus tems.

COLOMBINE.

Il ne faut qu'un inftant.

LA COMTESSE.

Je vous dis qu'il est trop tard.

COLOMBINE.

Peut-on vous demander où vous vouliez
aller, Madame ?

LA COMTESSE.

Chez ma sœur qui est à sa Terre : j'avois
dessein d'y passer quelques jours.

COLOMBINE.

Et la raison de ce dessein-là ?

LA COMTESSE.

Pour quitter Lélio, qui s'avise de m'aimer, je pense.

COLOMBINE.

Oh ! rassurez-vous, Madame, je crois
maintenant qu'il n'en est rien.

LA COMTESSE.

Il n'en est rien ! je vous trouve bien
plaisante, de me venir dire qu'il n'en est
rien, vous de qui je sçai la chose en partie.

COLOMBINE.

Cela est vrai, je l'avois crû ; mais je
vois que je me suis trompée.

LA COMTESSE.

Vous êtes faite aujourd'hui pour m'im-
patienter. COLOMBINE.

Ce n'est pas mon intention.

LA COMTESSE.

Non, d'aujourd'hui vous ne m'avez

répondu que des impertinences.

COLOMBINE.

Mais, Madame, tout le monde se peut tromper.

LA COMTESSE.

Je vous dis encore une fois que cet homme-là m'aime, & que je vous trouve ridicule de me disputer cela. Prenez-y garde, vous me répondrez de cet amour-là au moins.

COLOMBINE.

Moi, Madame, m'a-t'il donné son cœur en garde? Eh, que vous importe, qu'il vous aime?

LA COMTESSE.

Ce n'est pas son amour qui m'importe; je ne m'en soucie guéres; mais il m'importe de ne point prendre de fausses idées des gens, & de n'être pas la dupe éternelle de vos étourderies.

COLOMBINE.

Voilà un sujet de querelle furieusement tiré par les cheveux: cela est bien subtil.

LA COMTESSE.

En vérité, je vous admire dans vos récits! Monsieur Lelio vous aime, Madame, j'en suis certaine; votre Billet l'a picqué, il l'a reçu en colere, il l'a lû de même, il a pâli, il a rougi. Dites-moi sur un pareil rapport, qui est-ce qui ne croira pas qu'un homme est amoureux ? Cependant il n'en est rien, il ne plaît plus à Mademoiselle que cela soit, elle s'est trompée. Moi, je compte là-dessus, je prends des mesures pour me retirer : mesures perdues.

CO L O M B I N E.

Quelles si grandes mesures avez vous donc prises, Madame ? si vos ballots sont faits, ce n'est encore qu'en idée, & cela ne dérange rien. Au bout du compte, tant mieux s'il ne vous aime point.

LA COMTESSE.

Oh, vous croyez que cela va comme votre tête, avec votre tant mieux : il seroit à souhaiter qu'il m'aimât, pour justifier le reproche que je lui en ai fait. Je suis désolée d'avoir accusé un homme d'un amour qu'il n'a pas. Mais si vous vous êtes trompée, pourquoi Lelio m'a-t'il fait presque entendre qu'il m'aimoit ? Parlez donc, me prenez-vous pour une bête ?

CO L O M B I N E.

Le Ciel m'en préserve.

LA COMTESSE.

Que signifie le discours qu'il m'a tenu en me quittant ? Madame, vous ne m'aimez point, j'en suis convaincu, & je vous avouerai que cette conviction m'est absolument

ment

ment nécessaire. N'est-ce pas tout comme s'il m'avoit dit : Je serois en danger de vous aimer si je croyois que vous puissiez m'aimer vous-même ? Allez, allez, vous ne sçavez ce que vous dites, c'est de l'amour que ce sentiment-là.

COLOMBINE.

Cela est plaisant ! je donnerois à ces paroles-là, moi, toute une autre interprétation, tant je les trouve équivoques.

LA COMTESSE.

Oh, je vous prie, gardez votre belle interprétation, je n'en suis point curieuse, je vois d'ici qu'elle ne vaut rien.

COLOMBINE.

Je la crois pourtant aussi naturelle que la vôtre, Madame.

LA COMTESSE.

Pour la rareté du fait, voyons donc.

COLOMBINE.

Vous sçavez que Monsieur Lelio fuit les femmes ; cela posé, examinons ce qu'il vous dit. Vous ne m'aimez pas, Madame, j'en suis convaincu, & je vous avouerai que cette conviction m'est absolument nécessaire ; c'est-à-dire, pour rester où vous êtes, j'ai besoin d'être certain que vous ne m'aimez pas, sans quoi je décamperois. C'est une pensée désobligeante, entortillée

Surprise de l'Amour.   I

dans un tour honnête : cela me paroît affez net.

LA COMTESSE.

Cette fille - là n'a jamais eu d'efprit que contre moi ; mais, Colombine, l'air af-fectueux & tendre qu'il a joint à cela ?..

COLOMBINE.

Cet air - là , Madame, peut ne fignifier encore qu'un homme honteux de dire une impertinence , qu'il adoucit le plus qu'il peut.

LA COMTESSE.

Non , Colombine , cela ne fe peut pas; tu n'y étois point , tu ne lui a pas vû pro-noncer ces paroles - là ; je t'affure qu'il les a dites d'un ton de cœur attendri. Par quel ef-prit de contradiction veux-tu penfer autre-ment ? J'y étois, je m'y connois , ou bien Lelio eft le plus fourbe de tous les hom-mes : & s'il ne m'aime pas , je fais vœu de détefter fon caractére. Oüi, fon hon-neur y eft engagé, il faut qu'il m'aime, ou qu'il foit un mal-honnête homme ; car il au-roit donc voulu me faire prendre le change.

COLOMBINE.

Il vous aimoit peut - être , & je lui avois dit que vous pourriez l'aimer ; mais vous vous êtes fâchée, & j'ai détruit mon ouvrage. J'ai dit tantôt à Arlequin que vous ne fongiez nullement à lui, que j'avois voulu flatter fon Maître pour me divertir, & qu'enfin Monfieur Lelio étoit l'homme du monde que vous aimeriez le moins.

LA COMTESSE.

Et cela n'eft pas vrai. De quoi vous mêlez-vous, Colombine ? fi Monfieur Lelio a du panchant pour moi, de quoi vous avifez-vous, d'aller mortifier un homme à qui je ne veux point de mal, que j'eftime ? Il faut avoir le cœur bien dur pour donner du chagrin aux gens fans néceffité! en vérité : vous avez juré de me défobliger.   COLOMBINE.

Tenez, Madame, duffiez-vous me quereller, vous aimez cet homme à qui vous ne voulez point de mal. Oüi, vous l'aimez.

LA COMTESSE.

Retirez-vous.

COLOMBINE.

Je vous demande pardon.

LA COMTESSE.

Retirez-vous, vous dis-je, j'aurai foin demain de vous payer, & de vous renvoyer à Paris.

COLOMBINE.

Madame, il n'y a que l'intention de

I ij

puniſſable, & je fais ſerment que je n'ai eu nul deſſein de vous fâcher ; je vous reſpecte & je vous aime, vous le ſçavez.

LA COMTESSE.

Colombine, je vous paſſe encore cette ſotiſe-là : obſervez-vous bien dorénavant.

COLOMBINE *à part les premiers mots.*

Voyons la fin de cela. Je vous l'avoue, une ſeule choſe me chagrine ; c'eſt de m'appercevoir que vous manquez de confiance pour moi, qui ne veux ſçavoir vos ſecrets que pour vous ſervir. De grace, ma chere Maîtreſſe, ne me donnez plus ce chagrin-là : récompenſez mon zéle pour vous, ouvrez-moi votre cœur, vous n'en ferez point fâchée. *Elle approche de ſa Maîtreſſe, & la carreſſe.*

LA COMTESSE.

Ah !

COLOMBINE.

Eh bien ! voilà un ſoupir : c'eſt un commencement de franchiſſe ; achevez donc. LA COMTESSE.

Colombine !

COLOMBINE.

Madame,

LA COMTESSE.

Après tout, aurois-tu raiſon ? Eſt-ce que j'aimerois ?

COLOMBINE.

Je crois que oüi : mais, d'où vient vous faire un si grand monstre de cela ? eh bien, vous aimez, voilà qui est bien rare !

LA COMTESSE.

Non, je n'aime point encore.

COLOMBINE.

Vous avez l'équivalent de cela.

LA COMTESSE.

Quoi ! je pourrois tomber dans ces malheureuses situations, si pleines de troubles, d'inquiétudes, de chagrins : moi, moi ! non, Colombine, cela n'est pas fait encore, je serois au désespoir. Quand je suis venue ici, j'étois triste ; tu me demandois ce que j'avois : ah Colombine ! c'étoit un pressentiment du malheur qui devoit m'arriver.

COLOMBINE.

Voici Arlequin qui vient à nous, renfermez vos regrets.

SCENE III.

ARLEQUIN, LA COMTESSE, COLOMBINE.

ARLEQUIN.

MAdame, mon Maître m'a dit que vous avec perdu une boëte de portrait : je fçais un homme qui l'a trouvée ; de quelle couleur eſt - elle ? combien y a - t - il de diamans ? ſont - il gros ou petits ?

COLOMBINE.

Montre , nigaud : te méfies - tu de Madame ? Tu fais - là d'impertinentes queſtions ?

ARLEQUIN.

Mais, c'eſt la coutume d'interroger le monde, pour plus grande ſureté ; je n'y penſe point à mal.

LA COMTESSE.

Où eſt - elle, cette boëte ?

ARLEQUIN *la montrant.*

La voilà, madame ; une autre que vous ne la verroit pas, mais vous êtes une femme de bien.

LA COMTESSE.

C'eſt la même, tiens, prens cela en revanche.

ARLEQUIN.

Vivent les revanches ; le Ciel vous soit
en aide. LA COMTESSE.

Le portrait n'y est pas ?

ARLEQUIN.

Chut, il n'est pas perdu : c'est mon
Maître qui le garde.

LA COMTESSE.

Il me garde mon portrait ; qu'en veut-
il faire ? ARLEQUIN.

C'est pour vous mirer quand il ne vous
voit plus ; il dit que ce portrait ressemble
à une cousine qui est morte, & qu'il aimoit beaucoup. Il m'a défendu d'en rien
dire, & de vous faire accroire qu'il est
perdu ; mais il faut bien vous donner de la
marchandise pour votre argent. *Motus*, le
pauvre homme en tient.

COLOMBINE.

Madame, la cousine dont il parle peut
être morte, mais la cousine qu'il ne dit pas
se porte bien, & votre cousin n'est pas
votre parent.

ARLEQUIN.

Hé, hé, hé.

LA COMTESSE.

De quoi ris - tu ?

ARLEQUIN.

De ce drôle de cousin, mon Maître
I iiij

croit bonnement qu'il garde le portrait à
cause de la cousine, & il ne sçait pas que
c'est à cause de vous; cela est risible; il fait
des quiproquo d'Apotiquaire.

LA COMTESSE.

Eh, que sçait-tu si c'est à cause de moi?

ARLEQUIN.

Je vous dis que la cousine est un conte à
dormir de bout. Est-ce qu'on dit des injures à la copie d'une cousine qui est morte.

COLOMBINE.

Comment, des injures?

ARLEQUIN

Oüi, je l'ai laissé là-bas qui se fâche
contre le visage de Madame, il le querelle
tant qu'il peut de ce qu'il aime. Il y a à
mourir de rire de le voir faire. Quelquefois il met de bons gros soûpirs au bout
des mots qu'il dit. Oh! de ces soûpirs-là,
la cousine défunte n'en tâte que d'une
dent. LA COMTESSE.

Colombine, il faut absolument qu'il me
rende mon portrait, cela est de conséquen-
ce pour moi: je vais lui demander. Je ne
souffrirai pas mon portrait entre les mains
d'un homme. Où se promene-t-il?

ARLEQUIN.

De ce côté-là: vous le trouverez sans
doute à droite ou à gauche.

SCENE IV.

LELIO, COLOMBINE, ARLEQUIN.

ARLEQUIN.

SOn cœur va-t-il bien ?

COLOMBINE.

Oh! je te réponds qu'il va grand train ;
mais voici ton Maître , laisse-moi faire.

LELIO *arrive.*

Colombine , où est Madame la Comtesse ? je souhaiterois lui parler.

COLOMBINE.

Madame la Comtesse , va , je pense partir tout à l'heure pour Paris.

LELIO.

Quoi , sans me voir ? sans me l'avoir
dit ?   COLOMBINE.

C'est bien à vous à vous appercevoir de
cela : n'avez-vous pas dessein de vivre en
sauvage ? de quoi vous plaignez-vous ?

LELIO.

De quoi je me plains ? la question est
singuliere, Mademoiselle Colombine! voilà
donc le penchant que vous lui connoissiez
pour moi. Partir sans me dire adieu , &

vous voulez que je fois un homme de bon
fens, & que je m'accommode de cela, moi?
non : les procédez bizarres me révolteront
toûjours.

COLOMBINE.

Si elle ne vous a pas dit adieu, c'eft
qu'entre amis on en agit fans façon.

LELIO.

Amis! Oh doucement : je veux du vrai
dans mes amis, des manieres franches &
ftables, & je n'en trouve point là ; dorénavant je ferai mieux de n'être ami de perfonne, car je vois bien qu'il n'y a que du
faux par-tout.

COLOMBINE.

Lui ferai-je vos complimens ?

ARLEQUIN.

Cela fera honnête.

LELIO.

Et moi je ne fuis point aujourd'hui dans
le goût d'être honnête, je fuis las de la bagatelle. COLOMBINE.

Je vois bien que je ne ferai rien par la
feinte, il vaut mieux vous parler franchement. Monfieur, Madame la Comteffe ne
part pas, elle attend, pour fe déterminer,
qu'elle fçache fi vous l'aimez, ou non ;
mais dites-moi naturellement vous-même
ce qui en eft, c'eft le plus court.

LELIO.

C'eſt le plus court, il eſt vrai ; mais j'y trouve pourtant de la difficulté : car enfin, dirai-je que je ne l'aime pas ?

COLOMBINE.

Oüi, ſi vous le penſez.

LELIO.

Mais, Madame la Comteſſe eſt aimable, & ce ſeroit une groſſiéreté.

ARLEQUIN.

Tirez votre réponſe à la courte-paille.

COLOMBINE.

Eh bien, dites que vous l'aimez.

LELIO.

Mais en vérité, c'eſt une tyrannie que cette alternative-là. Si je vais dire que je l'aime, cela dérangera peut-être Madame la Comteſſe, cela la fera partir : ſi je dis que je ne l'aime point.....

COLOMBINE.

Peut-être auſſi partira-t-elle.

LELIO.

Vous voyez donc bien que cela eſt embarraſſant.

COLOMBINE.

Adieu, je vous entens ; je lui rendrai compte de votre indifférence, n'eſt-ce pas ?

LELIO.

Mon indifférence, voilà un beau rap-

port , & cela me feroit un joli cavalier !
Vous décidez bien cela à la légere ; en
fçavez-vous plus que moi ?

COLOMBINE.

Déterminez-vous donc.

LELIO.

Vous me mettez dans une défagréable
fituation. Dites-lui que je fuis plein d'eftime , de confidération & de refpect pour
elle.

ARLEQUIN.

Difcours de Normand que tout cela.

COLOMBINE.

Vous me faites pitié.

LELIO.

Qui , moi ?

COLOMBINE.

Oüi , & vous êtes un étrange homme ,
de ne m'avoir pas confié que vous l'aimiez.

LELIO.

Eh! Colombine, le fçavois-je ?

ARLEQUIN,

Ce n'eft pas ma faute , je vous en avois
averti. LELIO

Je ne fçai où je fuis.

COLOMBINE.

Ah ! vous voilà dans le ton : fongez à
dire toûjours de même , entendez-vous ,
Monfieur de l'hermitage ?

LELIO.

Que signifie cela ?

COLOMBINE.

Rien : sinon que je vous aï donné la question, & que vous avez jasé dans vos souffrances. Tenez-vous guai, l'homme indifférent, tout ira bien. Arlequin, je te le recommande ; instruis-le plus amplement, je vais chercher l'autre.

SCENE V.

LELIO, ARLEQUIN.

ARLEQUIN.

AH ça, Monsieur, voilà qui est donc fait ! c'est maintenant qu'il faut dire : Va comme je te pousse. Vive l'amour, mon cher Maître : & faites chorus, car il n'y a pas deux chemins : il faut passer par-là, ou par la fenêtre.

LELIO.

Ah! je suis un homme sans jugement,

ARLEQUIN.

Je ne vous dispute point cela.

LELIO.

Arlequin, je ne devois jamais revoir de femmes.

ARLEQUIN.

Monsieur, il falloit donc devenir aveugle.

LELIO.

Il me prend envie de m'enfermer chez
moi, & de n'en sortir de six mois.

ARLEQUIN *siffle.*

LELIO.

De quoi t'avises-tu, de siffler?

ARLEQUIN.

Vous dites une chanson, & je l'accompagne. Ne vous fâchez pas, j'ai de bonnes
nouvelles à vous apprendre : cette Comtesse vous aime, & la voilà qui vient vous
donner le dernier coup à vous.

LELIO *à part.*

Cachons-lui ma foiblesse, peut-être ne
la sçait-elle pas encore.

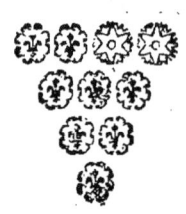

SCENE VI.

LA COMTESSE, LELIO, ARLEQUIN, PIERRE, COLOMBINE,

LA COMTESSE.

MOnsieur, vous devez sçavoir ce qui m'amene?

LELIO.

Madame, je m'en doute du moins, & je consens à tout. Nos Paysans se sont raccommodez, & je donne à Jacqueline autant que vous donnez à son Amant : c'est de quòi j'allois prendre la liberté de vous informer.

LA COMTESSE.

Je vous suis obligée de finir cela, Monsieur ; mais j'avois quelqu'autre chose à vous dire ; bagatelle pour vous & assez importante pour moi.

LELIO.

Que seroit-ce donc ?

LA COMTESSE.

C'est mon portrait qu'on m'a dit que

vous avez , & je viens vous prier de me le rendre ; rien ne vous eſt plus inutile.

LELIO.

Madame, il eſt vrai qu'Arlequin a trouvé une boëte de portrait que vous cherchiez ; je vous l'ai fait remettre ſur le champ : s'il vous a dit autre choſe, c'eſt un étourdi , & je voudrois bien lui demander où eſt le portrait dont il parle ?

ARLEQUIN *timidement.*

Eh , Monſieur !

LELIO.

Quoi ?

ARLEQUIN.

Il eſt dans votre poche.

LELIO.

Vous ne ſçavez ce que vous dites.

ARLEQUIN.

Si fait , Monſieur ; vous vous ſouvenez bien que vous lui avez parlé tantôt, je vous l'ai vû mettre après dans la poche du côté gauche.

LELIO.

Quelle impertinence !

LA COMTESSE.

Cherchez , Monſieur , peut-être avez-vous oublié que vous l'avez tenu ?

LELIO.

Ah ! Madame, vous pouvez m'en croire.

ARLE-

ARLEQUIN.

Tenez, Monsieur: Tâtez, Madame, le voilà.

LA COMTESSE *touchant à la poche de la veste.*

Cela est vrai, il me paroît que c'est lui.

LELIO *mettant la main dans sa poche, & honteux d'y trouver le Portrait.*

Voyons donc ; il a raison ! le voulez-vous, Madame ?

LA COMTESSE *un peu confuse.*

Il le faut bien, Monsieur.

LELIO.

Comment donc cela s'est-il fait ?

ARLEQUIN.

Eh ! c'est que vous vouliez le garder, à cause, disiez-vous, qu'il ressembloit à une cousine qui est morte ; & moi, qui suis fin, je vous disois que c'étoit à cause qu'il ressembloit à Madame, & cela étoit vrai.

LA COMTESSE.

Je ne vois point d'apparence à cela.

LELIO.

En vérité, Madame, je ne comprens pas ce coquin-là. *à part.* Tu me le payeras.

ARLEQUIN.

Madame la Comtesse, voilà Monsieur qui menace derriere vous.

Surprise de l'Amour. K

LELIO.

Moi !

ARLEQUIN.

Oüi, parce que je dis la vérité. Madame, vous me feriez bien du plaifir de l'obliger à vous dire qu'il vous aime; il n'aura
pas plûtôt avoüé cela, qu'il me pardon-
nera.

LA COMTESSE.

Va, mon ami, tu n'as pas befoin de mon
interceffion.

LELIO.

Eh, Madame, je vous affure que je ne
lui veux aucun mal; il faut qu'il aye l'efprit
troublé. Retire-toi, & ne nous romps point
la tête de tes fots difcours.

*Arlequin fe recule au fond du Théatre avec
Colombine, & un moment après Lelio
continuë.*

Je vous prie, Madame, de n'être point
fâchée de ce que j'avois votre portrait,
j'étois dans l'ignorance.

LA COMTESSE *d'un air embarraffé.*

Ce n'eft rien que cela, Monfieur.

LELIO.

C'eft une avanture qui ne laiffe pas que
d'avoir un air fingulier.

LA COMTESSE.

Effectivement.

LELIO.

Il n'y a personne qui ne se persuade là-dessus que je vous aime.

LA COMTESSE.

Je l'aurois crû moi-même, si je ne vous connoissois pas.

LELIO.

Quand vous le croiriez encore, je ne vous estimerois gueres moins clairvoyante.

LA COMTESSE.

On n'est pas clairvoyante quand on se trompe, & je me tromperois.

LELIO.

Ce n'est presque pas une erreur que cela ; la chose est si naturelle à penser !

LA COMTESSE.

Mais, voudriez-vous que j'eusse cette erreur-là ?

LELIO.

Moi, Madame ; vous êtes la maîtresse !

LA COMTESSE.

Et vous le maître, Monsieur.

LELIO.

De quoi le suis-je ?

LA COMTESSE.

D'aimer ou de n'aimer pas.

LELIO.

Je vous reconnois : l'alternative est bien de vous, Madame.

K ij

LA COMTESSE.

Eh ! pas trop.

LELIO.

Pas trop ! si j'osois interpréter ce mot-
là......

LA COMTESSE.

Et que trouvez-vous donc qu'il signifie ?

LELIO.

Ce qu'apparemment vous n'avez pas
pensé.

LA COMTESSE.

Voyons.

LELIO.

Vous ne me le pardonneriez jamais.

LA COMTESSE.

Je ne suis pas vindicative.

LELIO *à part.*

Ah ! je ne sçai ce que je dois faire.

LA COMTESSE *d'un air impatient.*

Monsieur Lelio, expliquez-vous, & ne
vous attendez pas que je vous devine.

LELIO *à genoux.*

Eh bien , Madame ! me voilà expli-
qué..... m'entendez-vous ? Vous ne répon-
dez rien...... vous avez raison ; mes extra-
vagances ont combattu trop long-tems
contre vous , & j'ai mérité votre haine.

LA COMTESSE.

Levez-vous , Monsieur.

LELIO.

Non, Madame, condamnez-moi, ou faites-moi grace.

LA COMTESSE *confuse*.

Ne me demandez rien à préfent, reprenez le Portrait de votre parente, & laiffez-moi refpirer.

ARLEQUIN.

Vivat; enfin voilà la fin.

COLOMBINE.

Je fuis contente de vous, Monfieur Lelio.

PIERRE.

Parguenne, ça me boutte la joye au cœur.

LELIO.

Ne vous mettez en peine de rien, mes enfans, j'aurai foin de votre nôce.

PIERRE.

Grand marci ; mais morgué, pifque je fommes en joye, j'allons faire venir les Meneftriers que j'avons retenu.

ARLEQUIN.

Colombine, pour nous, allons nous marier fans cérémonie.

COLOMBINE.

Avant le mariage il en faut un peu, après le mariage je t'en difpenfe.

DIVERTISSEMENT.

LE CHANTEUR.

JE ne crains point que Mathurine
S'amufe à me manquer de foi ;
Car drès que je vois dans fa mine
Queuque indifference envars moi,
Sans l'y demander le pourquoi,
   Je laiffe aller la Pelerine :
     Je ne dis mot, je me tiens coi :
Je batifole avec Claudine.
En voyant ça, la Mathurine
Prend du fouci, rêve à par foi ;
Et pis tout d'un coup, la mutine
   Me dit, j'enrage contre toi.

LA CHANTEUSE.

Colas me difoit l'autre jour :
Margot, donne-moi ton amour ;
Je répondis, je te le donne,
Mais ne vas le dire à perfonne ;
Colas ne m'entendit pas bien,
Car l'innocent ne reçut rien.

ARLEQUIN.

Femmes, nous étions de grands foux
D'être aux champs pour l'amour de vous,
Si de chaque femme volage,
L'Amant alloit planter des choux,
Par la ventrebille je gage
Que nous ferions condamnez tous
A travailler au jardinage.

FIN.

APPROBATION.

J'Ai lû par l'ordre de Monfeigneur le Garde des Sceaux : *le Nouveau Théatre Italien*; j'ai examiné en particulier les différentes Piéces qui le compofent, & je n'y ai rien trouvé qui puiffe en empêcher l'impreffion. Fait à Paris ce 3 Novembre 1728.

DANCHET.